Jean de l'Ours

ISBN : 2-7459-0250-4

Louis Espinassous

Jean de l'Ours

MILAN POCHE

Premier été

Un jeune berger pyrénéen

1

Maupas ! Le « Mauvais Passage »... La forêt de hêtres et de sapins se fait ici plus sombre, le sentier s'engage peu à peu entre deux parois rocheuses.

– Allez, Mireille, avance !

Jean tire sur la longe de l'ânesse. Il y a encore une bonne heure de marche avant de rejoindre la route au Chêne de l'Ours, et la pente est raide sur l'étroite sente qui dévale à travers la forêt. Mireille, chargée d'une bonne douzaine de lourds fromages, reste insensible à l'injonction du jeune garçon. Elle pose précautionneusement un sabot après l'autre sur les cailloux du chemin. Regardant Jean d'un œil goguenard, elle agite ses grandes oreilles comme pour lui dire : « C'est pas un gamin de douze ans qui va me commander, non ! »

Fine et Farou, les deux chiens labrits, trottinent devant. Quelques dizaines de mètres en arrière, Pépé suit, au rythme lent mais régulier de ses vieilles jambes de berger.

Soudain, Mireille s'immobilise, bloquée sur ses quatre jambes toutes raides, oreilles dressées. Jean, surpris, se retourne et voit les gros yeux de l'ânesse tout ronds de frayeur. Fine et Farou se précipitent contre lui en poussant de petits gémissements plaintifs. Quelque chose de chaud coule le long de ses bottes... Farou est en train de faire pipi sur ses jambes. Les bêtes sont terrorisées. Jean sent comme un frisson courir sur sa nuque. Les animaux lui ont communiqué leur sourde frayeur, d'autant plus insidieuse qu'elle est incompréhensible. Immobile, il cherche des yeux son grand-père... Seul, il est seul. Pépé n'est pas derrière. Sa poitrine se serre sur sa respiration, il voudrait appeler mais les mots restent secs dans sa gorge. Il scrute la forêt, cherchant à identifier la menace invisible détectée par les animaux qu'il sent maintenant trembler contre ses jambes... Mais rien ne bouge derrière le rideau d'arbres. Rien. Même le vent semble s'être arrêté, suspendu, dans un air devenu subitement lourd, comme poisseux. La sueur perle à son front. Il écarquille les yeux...

Enfin, Pépé apparaît entre les deux troncs d'arbres. En voyant les quatre compagnons immobiles, figés, il s'arrête; son visage se rembrunit. Il observe les bêtes pressées contre Jean, le rideau d'arbres, les pierres du sentier, cherchant lui aussi à percer le mystère. Il s'approche lentement, perplexe devant l'émoi évident des animaux. Il regarde Mireille, Fine, Farou... Puis ses yeux se posent sur les bottes toutes mouillées de son petit-fils, et il éclate enfin d'un grand rire.

– Eh bé ! Oh ! Toi qui voulais tant le rencontrer, c'est réussi ! Ne t'inquiète pas, il doit être loin maintenant. Il a dû passer ce matin et les pauvres bêtes ont senti son odeur.

Pépé n'a pas besoin de prononcer son nom. Jean a immédiatement deviné que c'est de l'ours dont il s'agit.

– Pour vos premières présentations, Maître Martin t'aura fait plus peur que tu ne l'aurais cru !

Le cœur de Jean bat à tout rompre. À quelques heures près, il aurait pu le rencontrer ! Il en a tant rêvé depuis qu'il a proposé de « faire le berger » à la montagne cet été avec Pépé. L'approcher, l'observer, cet animal mystérieux que presque personne n'a vu, même parmi les montagnards. Mais il doit bien s'avouer qu'il a eu peur, et très peur. Lui qui se croyait si courageux, il ne sait plus trop s'il a autant envie de le voir de près, maintenant.

– Tu me rappelles le petit Paul, continue Pépé. Il avait douze ans et descendait seul les fromages depuis la cabane d'Aule. Il en avait deux dans une besace, en équilibre de chaque côté de l'épaule. En descendant, le long du gave, il se trouve nez à nez avec la mère ourse et deux oursons qui venaient vers lui ! Il était tout seul, il a eu plus peur que toi. Très vite, il s'est dit : « Il vaut mieux qu'ils mangent les fromages plutôt que moi. » Il a posé le sac avec les deux fromages au milieu du chemin et il est remonté à toutes jambes vers la cabane, où il est arrivé à bout de souffle et blanc comme un linge. Quand son père est redescendu il n'y avait plus d'ours, mais… les fromages étaient intacts. L'ourse avait dû être aussi effrayée que le pauvre Paul.

La petite troupe, rassurée, a repris sa descente. Jean est encore sous le coup de l'émotion. Tantôt il imagine l'ours énorme et sanguinaire, le dévoreur de bétail bondissant sur le chemin pour lui barrer la route ; tantôt il voit, au contraire, l'ourse et les petits oursons de l'histoire de Pépé venant presque amicalement au-devant de lui. Pépé, par contre, songe au troupeau.

Cette rencontre ne l'enchante guère, surtout après ce qui s'est passé quelques heures plus tôt…

Ce matin, après la traite, pendant que Jean préparait Mireille et chargeait les fromages, il a conduit les brebis au pâturage du Plaa des Gentianes. Tout le bois de Buscagne, qu'il a traversé avec le troupeau, était plongé dans un épais brouillard. Avant de laisser les bêtes à la garde de Patoune, la grande chienne blanche des Pyrénées, il a tenté de les compter malgré la brume, toujours aussi opaque. Il lui a semblé qu'il manquait quelques brebis, entre autres la Carèse, une jeune brebis, très bonne laitière et, au demeurant, la préférée de Jean. Elle a, contrairement à ses congénères, les cornes presque plates, à peine spiralées. Tendre et douce, elle vient souvent, d'un coup de museau dans la main, quêter un peu de sel ou une caresse sur son front bombé. C'est à elle que Jean avait mis, pour la montée à l'estive*, la cloche achetée sur ses économies et le collier en bois de frêne, fabriqué de ses mains.

– *Adichat mounde** !

Le grand Baptiste vient de surgir à un détour du sentier et monte amicalement à leur rencontre. C'est

* Les mots ou groupes de mots suivis d'un astérisque sont expliqués dans le lexique en fin de volume.

le pâtre de la commune. Tout l'été, il surveille, de montagne en montagne, les vaches du village. Ce colosse un peu rougeaud, à la voix énorme, a toujours impressionné Jean. Il vit seul dans un hameau isolé, au fond d'une petite vallée, au cœur même de la montagne. Toujours à pied, l'été avec les vaches, l'automne pour la chasse et le printemps pour les mousserons, champignons si parfumés, il court toujours la montagne et la forêt, et il connaît tous les bergers, tous les troupeaux… et toutes les bêtes sauvages de la vallée.

– Alors garçon, tu es berger, maintenant ?

Jean hoche la tête, très fier. Cette année en effet il passe tout l'été sur l'estive avec son grand-père pour garder les trois cents brebis du troupeau, les traire matin et soir, et faire le fameux fromage de brebis des Pyrénées. Trois mois là-haut, à la cabane d'Anouilhas, minuscule refuge de pierre, amarré, solitaire, entre ciel et pâturage à plus de 1 600 mètres d'altitude et à deux heures de marche de la route carrossable. Baptiste se penche vers Jean d'un air solennel et lui lance de sa grosse voix :

– *N'as pas poou à l'ours ?**

Un sourire malicieux atténue la gravité de sa voix.

–Non, je n'ai pas peur ! affirme crânement Jean. Il a bien l'impression de mentir un peu, mais enfin… Et pour garder les brebis, on a Patoune. Mais c'est vrai qu'il est par là, l'ours, on l'a vu, enfin, on l'a croisé tout à l'heure…

–Ooh, Ooh, n'exagère rien, petit !

Pépé a pris la parole pour faire un récit un peu plus exact.

–Oui, je sais, répond Baptiste en soupirant. Et c'est le Gros. J'ai vu son pied* hier un peu plus bas, énorme. Il faudra se méfier pour le bétail.

Et ses mains puissantes s'écartent et dessinent un cercle aussi large que le béret de Jean pour montrer les dimensions impressionnantes de la trace repérée la veille.

Jean frémit. C'est le Gros qu'il vient de croiser ! Un ours colossal, dit-on. Les bergers l'ont appelé ainsi en raison de la très grande taille de ses empreintes.

–Justement, renchérit Pépé, ce matin en conduisant les bêtes, j'ai laissé quelques brebis dans le bois, il me semble. Et maintenant je me fais du souci. Si tu peux jeter un œil en passant vers Buscagne !

–Je n'y manquerai pas. Il va quand même pas déjà commencer ! Allez, à ce soir peut-être.

Et d'un pas rapide, Baptiste continue son ascension.

– Pépé… le Chêne de l'Ours.

En bas du sentier, vient d'apparaître la silhouette massive d'un arbre énorme. Le tronc est si large que trois hommes se donnant la main pourraient à peine en faire le tour. Curieusement, les grosses branches sont cassées à quelques mètres du tronc. Sa couverture de lierre et les quelques « bras » qui dépassent ainsi lui donnent une allure de bon gros géant.

C'est là que le chemin rejoint la route carrossable. Le rendez-vous est à midi. Le père de Jean vient avec la voiture prendre les fromages fabriqués pendant la semaine, et apporter aux deux bergers le ravitaillement pour les jours à venir.

Jean attache Mireille à une branche basse et commence à décharger délicatement les fromages pendant que Pépé raconte :

– Ah !… le *Cassou de l'Ours**. C'était quand ils construisaient la route. Un gars, il passait là… Il se trouve face à un ours énorme… Il a fait ni une ni deux, il est monté dans le chêne. Oui, mais l'ours, il ne partait pas, il était là, en dessous, et l'homme, il restait dans l'arbre. C'est le bruit d'une charrette pleine de cailloux qui a enfin fait partir l'ours. Alors l'homme, il est descendu, mais il a laissé une sandale là-haut. Elle y est restée plusieurs années. Ce qui est sûr, ajoute Pépé, c'est que c'est bien un passage de l'ours. Moi je l'y ai croisé une fois. Oh ! mais pas comme aujourd'hui ! En pleine nuit, à deux pas. Je remontais à la cabane… Je ne l'ai pas vu, non. Il a poussé un « hurlé » et il a dégringolé dans les fourrés vers le ruisseau. Moi je suis d'abord resté sans voix, je tremblais de peur. Après, en montant à la cabane, dès que j'ai eu retrouvé ma voix, j'ai chanté, oui. Tu peux me croire, le plus fort possible, et jusqu'en haut !

« Pour me rassurer. J'avais peut-être quatorze ans. Arrivé à la cabane, je me suis barricadé. J'avais entassé les bidons et le chaudron contre la porte… au cas où l'ours m'aurait poursuivi !

Bientôt, une camionnette apparaît. Elle se range à la hauteur de Jean et de son grand-père.

– Papa, Papa, écoute…

Jean parle de l'ours. Et Pépé songe à la Carèse.

2

Ils n'ont guère perdu de temps dans la vallée. Dès son retour à la cabane, Jean a déchargé Mireille des lourdes bouteilles de gaz, indispensables pour la cuisine et la cuisson du fromage, puis il est monté à toutes jambes rejoindre Patoune et le troupeau. Rapidement, il a rassemblé les bêtes en cherchant des yeux les cornes plates de la Carèse. Mais en vain. Il a bien fallu se rendre à l'évidence. La brebis avait disparu, ainsi que trois de ses compagnes.

La traite du soir s'est déroulée dans un pesant silence.

– On les cherchera demain en gardant, a seulement dit Pépé.

•

Le troupeau avance lentement en broutant le long du bois de Buscagne. Depuis ce matin Jean et son grand-père, tout en suivant les bêtes qui montent vers la Plaa des Gentianes, appellent et écoutent tour à tour… Nul bêlement, nul tintement de sonnaille ne vient du bois.

En cheminant ainsi, ils arrivent à un grand replat où d'énormes taches jaunes semblent posées sur le vert tendre du pâturage. Ce sont les grandes gentianes, des plantes presque aussi hautes que Jean. Tous les ans, dès l'arrivée à l'estive, Pépé monte au Plaa faire une provision de racines pour sa cure : il avale pendant neuf jours, tous les matins, un grand verre d'eau dans lequel a macéré un morceau de racine de gentiane. « Tu devrais faire comme moi, répète souvent Pépé. C'est excellent pour la santé. » Pouah ! c'est bien un truc de vieux ! pense Jean, à l'idée de ce breuvage épouvantablement amer. Il préfère, quant à lui, déterrer et mâcher les savoureuses petites racines de « réglisse* »…

Pépé s'est assis pour casser la croûte et sort de sa besace le pain, le jambon et le fromage. Mais Jean n'y tient plus. Il laisse là le grand-père et le casse-croûte. Il s'avance au milieu des gentianes. À chaque pas, il faut écarter les tiges immenses. Il lui semble progresser dans la jungle.

–Carèse… Carèse… *Saï, saï**…

Jean s'est tu… Il lui a semblé… Il monte un peu plus haut. Il écoute. Oui, une sonnaille. La Carèse ? Jean se contraint à écouter calmement, à repérer précisément la direction du bruit. Là-bas… Il se met à galoper, enjambe les grandes tiges, s'empêtre. Il arrive enfin sur un petit mamelon. Le léger tintement semble venir de derrière un buisson d'aubépine. Jean écoute encore. Non… C'est lui-même qui a « esquéré » la Carèse, qui lui a acheté une cloche chez le sonnailler, à la foire d'Oloron, et qui lui a fabriqué et posé le *batailh**. Et il ne reconnaît pas sa musique. Ce n'est pas la Carèse !

Mais c'est tout de même une cloche de brebis. Jean contourne le bosquet et débouche sur une petite plateforme à l'herbe rase.

–Pépé, Pépé, viens voir, j'en ai deux.

En effet deux brebis se sont rencognées, presque coincées, contre une sorte de cahute faite de grandes pierres plates formant comme un énorme coffre. Mais la Carèse n'est pas là.

– Et qu'est-ce que c'est que ça ? demande Jean à son grand-père qui l'a rejoint, le couteau et le saucisson encore à la main.

Tout en parlant, il a pris la première brebis par les cornes et la tire de son recoin. Pépé a sorti deux poignées de sel de la « salière* ». Les brebis lèchent avec avidité les mains des deux bergers.

– Eh bien ! c'est la Tombe du Général, renchérit Pépé. On dit qu'après une grande bataille avec les Espagnols, les gens de la vallée avaient tué leur général et qu'ils l'avaient enterré là. Quand j'étais jeune, une autre pierre fermait le coffre par-devant. J'essayais de regarder à l'intérieur, de fouiller avec mon bâton pour voir s'il y avait les os du général espagnol. J'ai raconté ça à un savant. Il est venu, et c'est lui qui m'a expliqué que ça s'appelait un dolmen et que mon général espagnol, il avait peut-être 4000 ou 5000 ans… et que ça devait être plutôt un berger, un de nos ancêtres… Ce dolmen, tout comme les grands cercles de pierres plantées qu'on trouve sur certains pâturages, serait bien un tombeau, mais pour les bergers de la préhistoire qui, comme nous, passaient l'été en montagne. Pourtant, tu sais, la bataille avec les Espagnols, elle a vraiment eu lieu. Ça j'en suis sûr, je l'ai lu dans un livre…

Pépé, contrairement à Jean, a bien remarqué la prostration et les yeux effarés des deux brebis. Assurément, ce n'est pas l'attitude de bêtes qui se seraient seulement égarées deux jours… Il hoche la tête et son regard se perd au plus profond du bois de Buscagne, noirci par l'épais feuillage des sapins.

– *Caréso ! Caréso !*

Jean a repris son exploration. Il arrive sur une petite pelouse parsemée de rochers.

– Pépé, viens voir, quelqu'un est passé ici ces jours-ci. C'est curieux, il a retourné tous les cailloux !

On distingue nettement les pierres retournées sur l'herbe et, à côté, les anciens emplacements où la terre apparaît brune.

– Tiens, regarde, dit Pépé. On voit aussi des marques de griffes. C'est curieux, on dirait qu'il lui en manque une au milieu de la patte.

Quatre rayures parallèles zèbrent la terre, comme si quelqu'un avait gratté avec d'énormes ongles ; mais un intervalle apparaît entre les stries. L'ours !… Jean se tasse un peu sur lui-même, retrouvant la sourde angoisse d'hier à Maupas. Il imagine la bête tapie à quelques mètres, prête à bondir. Il cherche à percer du regard les hautes tiges de gentianes, à peine agitées par le vent… Pourtant… Est-ce la présence de Pépé, ou bien le grand large paisible de ce plateau ? Jean se sent un peu ridicule, presque vexé… Lentement il se ressaisit. Là, à découvert, avec Pépé à côté et Patoune à quelques dizaines de mètres, il ne risque rien ! Il se redresse en esquissant un timide sourire. La curiosité et l'amour-propre l'emportent peu à peu sur la crainte. Tout doucement, à voix feutrée, il questionne son grand-père :

– Tu crois qu'il est par là ? On pourrait peut-être l'approcher, le voir ? Tu crois…

– Oh ! cela fait bien quinze jours ou trois semaines qu'il est passé. Et s'il était par là, il aurait déguerpi depuis longtemps.

Jean est tout à fait rassuré. « Je suis sûr que je vais pouvoir le voir et puis l'observer, et puis… » Mais Pépé l'appelle et lui montre une grosse fourmilière entre les gentianes. Le dôme, de près d'un mètre de haut, est tout défoncé et grouille d'énormes fourmis rousses. Jean sait que c'est l'ours qui a fait cela. Il raffole des fourmis autant que du miel et des myrtilles. Jean l'imagine assis à côté de la fourmilière, léchant avec délice les fourmis collées à sa grosse patte. C'est sûr qu'il le verra, il en est persuadé maintenant.

– Patoune, *saï, saï!*

– Fine, Farou, allez, au travail!

Le jour s'avance, les brebis ont grimpé peu à peu juste en dessous du col Lurdé, suivies de Patoune. Il faut maintenant songer à rentrer pour la traite. Les deux labrits, qui furetaient avec Jean et Pépé, ont tout de suite dressé les oreilles et écouté les ordres. Ils montent au grand galop vers les brebis. Patoune a entendu également et commence à descendre lentement. Peu à peu le troupeau se regroupe et suit la grande chienne. Mais, bien sûr quelques brebis gourmandes et désobéissantes continuent à paître, sans se soucier du flot de clochettes qui s'en va derrière Patoune. C'est pour ces retardataires que Jean a lancé les labrits. Il adore commander les chiens et Pépé le laisse faire. Les deux chiens s'arrêtent régulièrement et se retournent vers Jean. Celui-ci, de la voix et du geste, leur indique les brebis cachées ici ou là et les encourage: « À gauche, à droite, descends, remonte... » Fine et Farou grimpent, descendent, débusquent une brebis, aboient et lui mordillent la laine pour la décider à partir, la ramènent vers le troupeau, repartent en chercher une autre... Pendant ce temps, l'essentiel de la troupe arrive à la hauteur des bergers. Pépé prend la tête et se dirige vers la cabane où la longue halte du soir les attend.

Jean s'attarde. Maintenant que le troupeau s'est éloigné, le silence a repris la montagne. Le moindre bruit de cloche isolé serait perceptible. Jean longe lentement le bois de Buscagne, l'oreille aux aguets. Il ne prête même pas attention aux cris des geais et à la sinistre plainte du pic noir. Aucun tintement métallique ne lui parvient…

Soudain, une cloche tinte, très loin dans le bois, vers le Pas de l'Ours. Jean s'immobilise. Il écoute, écoute… Une petite boule de rage et de chagrin lui roule dans la gorge. Il a reconnu la sourde « voix » d'une *metaü**.

Poussé par le jour qui fuit, Jean descend, tête basse. Deux jours que la Carèse et sa compagne ont disparu, deux jours sans traite. Elles risquent d'attraper une mammite*… si elles sont vivantes !

3

L'aube se lève sur la Pène d'Udapet. La veille, Pépé a proposé de chercher les brebis du côté de la Coumotte et d'en profiter pour faire une incursion chez les isards.

Pépé a pris les jumelles, il précède Jean. Depuis tant d'années qu'il passe ses étés ici, il connaît par cœur les endroits où les isards se retirent; en particulier, juste sous l'Escarpuru.

Ils grimpent une pente abrupte couverte d'herbe glissante. Pépé avance, légèrement courbé en avant; la marche est lente et silencieuse. Il ne faut surtout pas faire de bruit, ne pas faire rouler un caillou. Parfois Jean dérape un peu; Pépé se retourne en fronçant les sourcils. De petits oiseaux les surveillent dans leur marche, sautillant et voletant autour d'eux. Il y a les « culs rouges » et les « culs blancs » lui a expliqué Pépé. Ils sont, en effet, faciles à reconnaître à la couleur de leur derrière. On les appelle aussi le rouge-queue noir et le traquet motteux, mais les noms d'ici sont tellement plus aisés à retenir…

Arrivé à la crête, Pépé se courbe plus encore vers le sol et fait signe à Jean de l'imiter. Celui-ci essaye de poser chaque pied, doucement, exactement dans les traces de son grand-père. Le moindre bruit, maintenant, déclencherait la fuite des isards… s'ils sont là. Pépé, d'un geste de la main, ordonne au garçon de s'aplatir complètement au sol. Qu'y a-t-il derrière ? Y sont-ils ?… Pépé, qui a bien calé le béret sur son crâne, se lève doucement. Le haut de sa tête dépasse peu à peu des rochers. Il se hisse imperceptiblement sur ses bras… Il reste ainsi quelques instants sans bouger. Jean, presque à plat ventre derrière lui, ne le perd pas des yeux. Enfin, lentement, Pépé se retourne et lui fait signe, d'un doigt posé sur les lèvres : « Chut ! » Jean se redresse, avec mille précautions. Un petit cirque se découvre peu à peu sous l'immense falaise de l'Escarpuru, puis une grande tache d'herbe ; et au-dessus…

Oui, ce sont eux ! Des taches marron, fauves, qui bougent. Les isards ! Pépé lui passe les jumelles.

Oh ! un jeune est en train de téter. Jean voit nettement les petits coups de museau qu'il donne au ventre de sa mère. Et là, deux autres qui se poursuivent et gambadent pendant que les mères broutent. Jean regarde de tous ses yeux. Soudain, Pépé lui serre le bras, fort, fort, il lui fait presque mal. Sans bouger les jumelles, Jean tourne les yeux vers Pépé. Celui-ci, d'un geste presque imperceptible du menton, lui fait signe de regarder en dessous. Jean baisse les yeux. Là… à quelques dizaines de mètres, un isard arrive. Énorme… Il ne les a ni vus ni entendus. Jean retient son souffle – si près ! Il ne fait pas un geste. Il détaille l'animal : la fourrure fauve, bien rase, de l'été ; les flancs se soulèvent au rythme de sa respiration ; les cornes noires, luisantes, s'écartent en deux crochets acérés. L'isard se penche pour brouter, Jean voit nettement les petits mouvements de la tête pour arracher l'herbe, comme font les brebis. L'isard avance en broutant, inconscient de la présence des deux intrus. Soudain, il lève la tête, tressaille, se fige. Jean, l'espace d'une fraction de seconde, croise un regard intense, chargé de vie et de terreur… Comme un ressort brusquement détendu, l'isard semble se projeter en l'air. Quand il retouche le sol, il est déjà à une dizaine de mètres en contrebas. Il enchaîne une série de bonds vertigineux dans la pente abrupte, sur l'herbe, sur les dalles rocheuses les plus lisses... Des cailloux roulent dans sa fuite éperdue. En face, les isards du petit cirque lèvent la tête vers la crête. Déjà le fuyard les a presque rejoints. Toute la troupe s'ébranle et, en quelques instants, ils ont disparu, laissant le petit cirque dans un silence et une immobilité presque irréels après une telle galopade.

Silencieux et comblés, Pépé et Jean se sont retournés vers le pâturage de la Coumotte. Chacun à leur tour, ils scrutent aux jumelles tous les recoins du vallon, détaillant soigneusement chaque forme un peu blanche qui pourrait ressembler à la Carèse ou à sa compagne. Mais ce ne sont que cailloux ou taches de feuilles mortes. Jean écoute également, mais seul le murmure du vent dans les feuilles monte jusqu'à lui.

– Pépé ! Regarde sur cette plaque de neige, près de la forêt, on dirait qu'il y a de grosses traces. On va voir ?

– Oh ! oh ! dit Pépé en arrivant à la neige, il n'a pas chaussé ses sabots, le bandit !

– Quel bandit ?

Tout étonné, Jean voit dans la neige la trace de grands pieds nus avec, même, les trous des cinq orteils ! Son cœur se met à battre.

– Dis, Pépé, c'est l'ours ? C'est son empreinte ?

– Ou Baptiste qui se promène pieds nus ! répond Pépé, ironique.

– On le poursuit, on va essayer de le voir, hein ?

– Holà ! Il ne se laisse pas voir comme ça, tu sais ! Il est malin ! Et puis, à voir les traces, il est passé depuis un ou deux jours.

– Ça ne fait rien, on essaie quand même de le suivre !

Jean et Pépé s'engagent sur la plaque de neige.

– Et comment l'appelleras-tu, celui-là, Jean ?

– L'appeler ? Tu m'as dit qu'on ne pouvait pas les reconnaître à leurs traces, les ours. Sauf le Gros, tellement son pied est énorme.

– Oui, c'est vrai, à peu près jamais. Mais regarde bien.

Jean se penche sur la piste. Bientôt l'une des empreintes attire son regard.

– Ça alors ! C'est comme au plateau des Gentianes. Et là c'est sûr, il lui manque une griffe à la patte droite.

En effet, la plupart des empreintes de pas sont régulières, sauf une, toujours la même, correspondant à la patte avant droite. Là, si la forme des cinq doigts est bien visible dans la neige, seules se voient quatre traces de griffes, laissant un vide au bout du deuxième doigt.

– C'est la griffe de l'index qui manque, confirme Pépé en souriant. A-t-elle poussé de travers ou l'a-t-il cassée ? Toujours est-il qu'elle ne marque pas sur la neige. Alors, comment l'appelles-tu ?

– Dominique ! On va l'appeler Dominique, comme l'ours de la chanson. Tu crois qu'il est encore allé manger des fourmis ? On pourrait essayer de le suivre !

– On peut toujours essayer.

– Oui ! Super !

Jean, tout à la découverte de l'ours, a momentanément oublié la Carèse. Ce n'est pas le cas de Pépé… Si cet ours le mettait sur la piste des brebis manquantes.

La plaque de neige est longue de quelques mètres seulement, mais Pépé continue d'un pas ferme. Il sait bien que si l'ours est passé par ici, c'est certainement pour aller vers le bois de Buscagne.

– Tu vas voir qu'il s'en va au Pas de l'Ours…

Ils s'engagent dans la grande forêt de hêtres et de sapins. Pépé emprunte un sentier abandonné qui serpente entre les troncs géants des sapins centenaires, tout chevelus de lichens blanchâtres.

–Tiens ! Je me doutais bien que ton Dominique avait pris ce chemin. Plus personne ne l'emprunte, ni berger ni chasseur ; mais les ours connaissent parfaitement tous ces vieux sentiers, et ils continuent à les prendre… Tiens, tu vois !

Pépé est arrêté devant une énorme crotte posée au milieu du sentier, si énorme que personne d'autre que l'ours ne peut l'avoir faite.

–Mais Pépé, regarde ! renchérit Jean penché sur la masse d'excréments. C'est plein de petits points brillants. On dirait, on dirait… C'est des têtes et des carapaces de fourmis !

–Ma foi, tu as raison. Et des grosses, des fourmis rousses, celles des grandes fourmilières.

–Donc, c'est bien cela. C'est Dominique qui est passé ces jours-ci gratter au Plaa des Gentianes.

–En tout cas, lui au moins n'a pas touché aux brebis, sinon on verrait un peu de laine dans cette crotte… Quand même, vivement le mois d'août ! À cette époque, tu verras, les ours se régalent de framboises et de myrtilles, et les crottes sentent bon l'odeur de confiture. Pas comme celle-là. Pouah !

– Alors Pépé, tu vois ! Elles sont vivantes, elles se sont seulement perdues, lance Jean. On les retrouvera.

– Peut-être, peut-être, répond laconiquement le vieux berger en pensant au Gros. Allez, passe devant, Jean, et regarde bien sur les ronces du chemin… Voyons si tu ferais un bon trappeur !

Jean examine avec attention toutes les branches et les ronces qui barrent le sentier.

– Ça y est, Pépé ! Là ! Il a laissé une petite touffe !

Jean tient entre ses doigts quelques grands poils luisants, bruns et tout ondulés.

– J'ai trouvé des poils de Dominique ! Je veux les garder.

Pépé sort son porte-monnaie et glisse les petits trésors dans une de ces feuilles spéciales, toutes fines, avec lesquelles il roule ses cigarettes.

– Assez traîné. Maintenant, il faut s'occuper des brebis.

– Oh…

– Tu es berger cette année, Jean, il ne faut pas l'oublier !

•

–Dis… raconte-moi Dominique.

Assis dans la cabane, face au feu, alors que dehors les clochettes des brebis « musiquent » doucement, Pépé et Jean commencent la veillée.

« Counegut de lounguo dato*
Per touts lous grans cassadous
Loutens peü Coy Loung d'Ayous
Qu'abe tribalhat sa patto
Pertout qu'ero en gran renoum
Dominico qu'abe noum !… »

Pépé a entonné d'une belle voix grave la chanson de Dominique. Elle raconte, en béarnais, l'histoire vraie de cet ours énorme, trois cent cinquante kilos, qui hantait la vallée d'Ossau, il y a maintenant plus de cent ans. Mais Jean écoute à peine, il pense à son Dominique.

–Dis Pépé, il doit être gentil Dominique ?

–Ça, tu sais, Jean, les ours, c'est comme les hommes, il y en a des bons et des méchants, des goinfres et des gourmets, des brutes et des gentils.

–Moi, je suis sûr qu'il est gentil, Dominique, qu'il n'a pas touché à la Carèse ; dit Jean en serrant son petit trésor dans sa main. (En effet, arrivé à la cabane, il a mis les poils dans une petite boîte, aussitôt glissée dans sa poche.) Et tu crois que je pourrai l'apprivoiser ?

– Ça, ça m'étonnerait quand même ! Surtout qu'il est déjà grand. Enfin, c'était bien arrivé à un garçon de Marsous, un Jean comme toi.

Jean s'installe mieux sur le petit banc, il cale son dos contre le mur, face au feu et à côté de Pépé. Il ferme presque les yeux, il regarde juste les flammes et les braises. Il écoute.

– Jean de Marsous, il avait ton âge. C'était à la Toue du Larribet, en dessous du Balaïtous. Il était berger, seul déjà. Son père montait le soir, l'aidait pour la traite et dormait avec lui à la cabane. Le matin il l'aidait encore à traire, puis il descendait dans la vallée pour faire les foins, laissant Jean de Marsous seul avec les brebis pour toute la journée. Un matin, avant de descendre, il demanda à Jean s'il avait besoin de quelque chose. « Oh ! Papa, il faudrait que tu me montes plus de pain. » Bon, ce soir-là le père remonta beaucoup de pain. Quelques jours plus tard : « Papa, il faudrait que tu me montes plus de pain. » Le père, quoique très intrigué, lui rapporta une fois encore une grande quantité de pain. Mais, lorsque Jean demanda à nouveau plus de pain, l'homme se douta bien que son garçon lui cachait quelque chose. Il acquiesça et fit semblant de descendre au village. Mais, une fois hors de vue du jeune berger, il se cacha derrière un rocher et il attendit. Quelle ne fut pas bientôt sa surprise ! Il vit venir du bois et se diriger vers la cabane... un ourson ! Jean sortit avec une brassée de pain qu'il offrit à l'ours, puis ils commencèrent à jouer ensemble...

– Alors, dit brusquement Jean, tu vois que je peux l'apprivoiser, Dominique, tu vois ! Et eux, ils sont restés amis après, toujours ?

– Oh, dit Pépé, la fin de l'histoire, tu sais, elle n'est pas très drôle.

– Raconte quand même.

– Eh bien, en ce temps-là on ne plaisantait pas avec les ours, c'étaient des ennemis, de dangereux dévoreurs de troupeaux. Alors, le père est descendu chercher son fusil et il a tué l'ourson...

Jean serre très fort dans sa poche son petit trésor, les poils de Dominique.

– Moi, je serai ami avec Dominique et personne ne le tuera, personne, je le défendrai !

– En attendant, soupire Pépé, Dominique ou le Gros, ou qui tu voudras... Trois jours sans voir réapparaître la Carèse et l'autre… S'il les a pas « chopées » avant-hier, c'est qu'elles ont « tourné* » dans quelque ravin. Il faudra surveiller les vautours ces jours-ci. Ils nous mèneront peut-être aux cadavres.

Jean et Pépé se sont couchés. Jean ne trouve pas le sommeil. Tantôt il revoit la trace de Dominique sur la neige, les poils… tantôt il se voit avec Dominique, lui donnant du pain – avec du miel, je suis sûr qu'il aimera ça –, tantôt c'est l'image de la petite Carèse qui surgit, seule, bêlant d'angoisse, appelant Jean alors que bondit un ours énorme… Puis, revient l'ours Dominique, joueur et familier.

4

Bien enfoncé dans la chaleur de son sac de couchage, les yeux encore fermés, Jean savoure l'ambiance matinale de la cabane : l'odeur chaude du café, les petits bruits de casserole, et le souffle régulier de Pépé qui réveille le feu. Une habitude des vieux, lui a-t-il souvent expliqué : après la veillée, on couvre les braises d'un peu de cendre et, au matin, il suffit de poser dessus quelques branchettes de genévrier, de souffler délicatement, et le feu est reparti. Et puis, c'était pour l'ours. Tous les soirs, on laissait une bonne branche de houx dont l'extrémité couvait, ardente, sous la cendre. Ainsi, à la moindre alerte, on se levait, on sortait vite en agitant le bois de houx. La braise rougeoyait, lançait des étincelles, et souvent, l'ours s'enfuyait. Pas toujours ! Une fois, un berger s'était trouvé face à l'ours, debout et bien décidé à emporter quand même la brebis qu'il venait de tuer. Courageux, l'homme l'avait frappé avec le tison et l'ours était parti en hurlant, abandonnant sa proie. Au village, personne n'avait voulu croire cette histoire extravagante. Mais, à l'automne, on avait tué un ours… et il avait le poil de la poitrine tout brûlé !

– Oh ! garçon… Debout !

Jean abandonne ses rêveries et sort de son duvet. Assis à même le lit qui lui sert de banc, il avale en silence son café au lait. La cabane est minuscule, la pièce est tout à la fois chambre, salle à manger, cuisine… et atelier pour fabriquer le fromage. Quatre murs de pierres sèches et un toit de tôle… C'est Pépé qui l'a construite avec l'arrière-grand-père de Jean.

•

Les brebis sont parquées derrière la cabane. Ce sont des béarnaises, les brebis laitières de cette région des Pyrénées. De grandes bêtes à la laine épaisse, au gros nez busqué surmonté de somptueuses cornes spiralées. Jean sort de la cabane, saisit le petit pot à traire et s'avance dans l'enclos, déclenchant un concert de sonnailles. Il se fraye un passage au milieu de cette houleuse mer de laine, cherchant des yeux, par habitude, les cornes plates de la Carèse... Non ! Il commençait toujours par elle. Elle venait à sa rencontre, le bousculait du museau, léchait un peu la sueur salée de ses bras... Jean soupire. Il attrape un peu brutalement la première brebis qui passe, au hasard. Puis, accroupi derrière elle, il presse les tétines entre ses doigts et fait gicler quelques traits de lait dans le pot. Il se relève, s'accroupit derrière une autre brebis... puis une autre, une autre encore, les marquant chaque fois d'un peu de mousse de lait sur le dos pour ne pas les traire une deuxième fois.

La clarté de l'aube est tout juste là, rosissant un peu les sommets, mais le soleil est encore loin derrière les crêtes. Le froid de la nuit court encore dans le dos de Jean et les doigts font vite mal à force de traire, traire, traire toujours...

Jean se relève. Il y a près de trois cents brebis à se partager ainsi, matin et soir, avec Pépé : une centaine qui viennent de la maison, plus toutes celles que d'autres éleveurs de la vallée leur confient pour l'été. Si seulement on pouvait s'arrêter cinq minutes, souffler un peu ! songe Jean. Mais Pépé ne peut supporter que son petit-fils « traînasse » ou se plaigne. Berger depuis l'âge de huit ans, il n'a guère connu que les brebis, la traite, le travail, la lutte contre l'ours, la pluie, la neige, la boue… Jean ne voit que son dos voûté glissant de brebis en brebis. D'un revers de manche rageur, il essuie la goutte qui perle au bout de son nez et s'accroupit de nouveau, « rougagnant* » tout seul. « Et après, en plus, il faudra aller faire la vaisselle des pots dans l'eau glaciale de la source et en frottant à pleine main avec les orties, s'il vous plaît. Pépé et les autres disent qu'il n'y a rien de plus efficace pour laver le gras sans donner d'odeur aux instruments ! Tu parles, tiens ! Ils s'en fichent eux, les vieux, avec leurs grosses mains calleuses. Quand je serai vrai berger, moi… » Jean agrippe avec rudesse une brebis récalcitrante, une petite « basquaise » à la tête toute noiraude qui tentait de se dissimuler derrière ses congénères. Il saisit la longue toison humide et collante de suint, coince le jeune animal contre la barrière et s'accroupit… traire, traire toujours.

Le soleil vient d'apparaître au coin de l'Escarpuru, le haut sommet – près de 3 000 mètres – qui domine toute la vallée. *Peut-être qu'un jour ?…* pense Jean en contemplant l'immense silhouette de pierre. Il rejette d'un coup de tête la mèche de cheveux que l'humidité matinale a collée à son front et se redresse pour aller verser dans le grand bidon le contenu de son pot... Jean arrête son geste, stupéfait.

– Pépé, Pépé, regarde...

– *Diu biban!** s'exclame le vieux berger en se relevant.

À l'extérieur de l'enclos, se tient une brebis. Parcourue de longs frissons, elle est appuyée contre la barrière et contre ses congénères, comme si elle voulait à toute force retrouver le troupeau, se fondre dedans. Jean a tout de suite reconnu les larges cornes aplaties.

– Fais-la rentrer, donne-lui un peu de sel et trais-la, mais par terre. Si elle a une mammite, il ne faudrait pas qu'elle contamine tout le lait.

Jean bondit hors de l'enclos. La Carèse s'approche en boitillant et fourre son nez dans la poche du jeune berger, cherchant le sel. Souriant, heureux, rasséréné, il lui caresse le front, entre deux yeux démesurément ouverts, comme égarés.

– Alors, tu es revenue... Et où étais-tu passée, dis? Il s'accroupit pour la traire. Tiens... elle a dû tomber et s'érafler.

Jean vient de remarquer sur la cuisse de la brebis trois larges estafilades parallèles, soulignées par des croûtes de sang et de pus à peine séchées. Pépé s'est approché.

–Dia… eh bé ! Elle, elle l'a échappé belle. Ce n'est pas une éraflure, non, les traces sont bien trop nettes. Il a failli la « choper » et il l'a manquée de peu, ses griffes l'ont juste frôlée. Et tu sais, Jean, pour la brebis qui manque encore, je crois que c'est fichu. Elle lui a servi de déjeuner !

–Alors, ma grande, tu t'es échappée, hein ! Tu as couru plus vite que lui, tu l'as bien eu !

Jean parle d'une voix douce à la Carèse qu'il tient fermement par les cornes pendant que Pépé lave longuement les blessures avec une compresse d'eau fortement salée.

–On a de la chance, la plaie n'est pas profonde et elle ne s'est pas trop infectée. Peut-être que ça ira comme ça ! Sinon, il faudra descendre chercher des antibiotiques. Dans le temps, on disait que les griffes de l'ours étaient vénéneuses parce qu'il les suçait pendant tout l'hiver. Je ne sais pas si c'est vrai, mais en tout cas, les griffures de l'ours s'infectent toujours. Et avant les médicaments modernes, les bêtes griffées mouraient presque immanquablement. Heureusement qu'il n'a pas serré la Carèse de plus près ! Ça y est, tu peux la lâcher.

La brebis s'éloigne doucement et rejoint le troupeau en boitillant.

–Et si c'était toi qui faisais le fromage aujourd'hui, Jean !

Pépé vient d'en avoir l'idée en regardant son petit-fils s'occuper avec tant de maîtrise de la brebis blessée. Jusqu'à présent, il l'avait jugé trop jeune pour tenter cette aventure.

–Vrai ? a simplement répondu Jean, une lueur brillante dans les yeux.

Puis, il s'est replongé avec ardeur dans la traite. Elle est bien loin la mauvaise humeur de ce matin. Il est maintenant partagé entre la joie d'avoir retrouvé la Carèse et la fierté qui l'envahit à l'idée de faire le fromage. Le premier de sa vie.

Le soleil est bien levé maintenant et les tièdes rayons lui pénètrent doucement la peau et les muscles, lui sèchent et lui réchauffent le corps et le cœur.

Premier fromage, premier acte d'homme ! Bien faire le fromage... C'est en partie de cela que dépendent la réussite et la réputation d'un berger, comme le lui a si souvent répété Baptiste en vantant la qualité du fromage fait par Pépé.

Et la Carèse qui est revenue !

La traite finie, Jean se précipite à la source, retire de l'eau fraîche le bidon de la veille et le traîne à la cabane. Il dispose le chaudron en cuivre sur le gros réchaud à gaz posé à même le sol ; il prend tour à tour les bidons et verse le lait. Que c'est long maintenant ! Il faut attendre que le lait tiédisse, verser la présure*, attendre encore, battre le caillé avec l'instrument en sapin, attendre encore. Jean s'impatiente. Il a rapidement cassé la croûte. Pépé, lui, n'est pas pressé – le fromage se fait len-te-ment. Il découpe tout doucement, avec le couteau, les petites bouchées de pain et de jambon qu'il mâche avec application en faisant bouger beaucoup sa grosse moustache.

– Je peux y aller, Pépé ?

– Non, attends, il n'est pas bien pris. Ne bouge pas comme ça ! Tu bous d'impatience et tu vas le rater, tu auras les mains trop chaudes !

Jean, pour se calmer, sort de la cabane. La brave Patoune vient se faire caresser. Elle pose sa grosse tête sur les genoux et ferme les yeux. Il passe sa main dans l'épaisse toison blanche mais ne pense qu'à son fromage.

– Tu viens ? C'est le moment.

Jean maîtrise son envie de courir, de se précipiter. Il rentre nonchalamment vers la cabane en retroussant lentement ses manches, comme un vieux berger qu'il voudrait être.

Sous le regard chaleureux mais un peu inquiet de son grand-père, il s'assied sur le tout petit tabouret. Devant l'énorme chaudron, le visage à peine plus haut que les genoux, il enfonce ses bras nus dans le liquide blanc : Invisibles, et de lui et de Pépé, ses mains rassemblent, rassemblent... Jean sent, au fond du chaudron, la masse de fromage qu'il a toute ramassée en un seul bloc.

– Allez ! Ça doit être bon, dit Pépé.

Le garçon se dresse. Lentement, les coudes, puis les bras, enfin les mains, sortent du chaudron. Elles tiennent une grosse et lourde boule ronde de sept ou huit kilos de fromage de brebis.

Jean et son grand-père échangent un sourire de triomphe.

Petit Jean, petit garçon, semble avoir soudainement grandi. Il regarde son grand-père droit dans les yeux, les deux mains soutenant fièrement la lourde boule de fromage. Et, dans la pénombre de la cabane, le vieux berger revoit un autre jeune garçon, il y a bien longtemps, tenant tout aussi fièrement un autre fromage, exactement pareil à celui-là, sous le regard d'un autre grand-père aux yeux pleins d'images de loups.

Jean pose délicatement le fromage sur un plat. Il reste à le presser, à faire gicler le petit-lait en le perçant de grosses aiguilles, à le saler… Jean a oublié la goutte au nez de ce matin, le froid et les orties… et pour quelques instants, même la Carèse.

5

Tôt ce matin, juste après la traite, Jean est parti garder les brebis. Cela fait quelques jours maintenant que la Carèse est revenue. Lavées matin et soir à l'eau salée, ses blessures se cicatrisent parfaitement, et elle ne boite presque plus.

Tous les jours ils ont surveillé les vautours, mais seules quelques silhouettes minuscules croisent parfois dans le ciel. Aucun tournoiement particulier, aucun rassemblement ne les a mis sur la piste d'un cadavre. Aujourd'hui encore, le ciel immensément bleu est vide de charognards.

Jean longe le bois de Buscagne. De petites sentes tracées par les animaux bordent les fourrés. Fine et Farou sont partis jouer, mais aujourd'hui Patoune, elle, semble décidée à lui tenir compagnie. La chienne et son maître se glissent entre les jeunes hêtres. Jean espère toujours, dans cette forêt, surprendre l'écureuil, ou le pic noir, ou découvrir quelque empreinte de sanglier, de chevreuil… ou de Dominique. Ils progressent en silence. Le garçon se penche juste sous une branche basse… Patoune s'est brusquement immobilisée. Un grondement rauque sort de sa gorge. Gueule entrouverte, ses babines tremblent un peu et un léger filet de bave lui coule des mâchoires. Elle est en arrêt devant une masse informe, verdâtre. Jean s'est accroupi contre la chienne. Il sent, à travers l'épaisse toison, trembler toute la carcasse de la bête. Il regarde l'étrange objet. À côté, gît un infect tortillon de laine agglomérée. Le garçon perçoit maintenant la puanteur qui se dégage du lieu. De grosses mouches bleues « bronzinent » autour de lui et de la chienne. Jean sent sa respiration s'accélérer, Patoune lui communique ce tremblement de tout le corps. Jean tente de reculer. Il fait un pas en arrière, tirant Patoune par le collier. Elle résiste. Jean tire toujours et recule lentement, pas à pas. Confusément encore, certes, il comprend peu à peu la situation : la réaction de Patoune, l'odeur, les mouches… Ce qu'il a en face de lui, c'est la panse de la brebis morte… et à côté, c'est une crotte d'ours pleine de laine. Jean rebrousse chemin vers la cabane, tenant fermement Patoune au collier. Pour la retenir ou pour se rassurer ? Ses yeux brillent un peu et il respire à grandes goulées difficiles.

•

– Ça y est, j'ai trouvé la brebis, je crois…

Et Jean raconte à Pépé sa macabre découverte.

– J'en étais sûr… Tu sais, cet ours, Dominique ou pas Dominique, si je pouvais lui faire la peau ! Une si belle bête, qui nous faisait deux agneaux tous les ans, et bonne laitière, avec ça. Enfin ! Tu vas descendre immédiatement prévenir le garde du Parc national.

– Mais… qu'est-ce que je dois lui dire ?

– Oh ! ne t'inquiète pas, il a l'habitude ! Chaque fois qu'une bête est tuée par l'ours, il vient constater le dégât : vérifier que c'est bien l'ours qui en est la cause et remplir les certificats pour que l'animal tué soit remboursé au berger. Et ça lui arrive des dizaines de fois chaque été… Allez, file ! S'il n'est pas encore parti en tournée, il montera aujourd'hui.

Jean dévale jusqu'au Chêne de l'Ours. Il sait bien qu'une fois arrivé à la route, il trouvera facilement une voiture pour l'emmener jusqu'au village. Les voisins montant voir les vaches, pêcher ou chercher les champignons, ne manquent pas.

En effet, bientôt une camionnette s'arrête à sa hauteur et une voix familière l'interpelle.

– *Et oun bas, maïnat?**

C'est Baptiste, assis à la place du passager. Hier il a prévenu un agriculteur qu'un de ses veaux était malade à la montagne. Celui-ci est allé chercher l'animal avec l'aide du pâtre et il le redescend à la ferme pour le soigner. Jean monte dans la vieille fourgonnette et s'accroupit à l'arrière, à côté du jeune veau.

– Oui, je descends prévenir le garde, l'ours nous a tué une brebis.

– *Diu biban!* Encore... Et qui c'était, toujours le Gros ou celui aux quatre ongles?

– Vous connaissez Dominique, l'ours à qui il manque une griffe?

– Tu l'appelles Dominique, alors, va pour Dominique! Bien sûr que je le connais. Là-haut, tu as le Gros, celui-là, ça fait au moins quinze ans qu'il tourne par ici, il a un pied!... énorme. Lui, c'est le diable. S'il ne tue pas une vache et une demi-douzaine de brebis dans son été, ça ne lui suffit pas. Ton Dominique, il est plus discret, peut-être un fourmilier, comme disent les Espagnols, de ces ours qui ne touchent pas au bétail, qui se contentent de manger les fourmis.

–Oui. J'en suis sûr, c'est un fourmilier, Dominique. Il n'attaque jamais le bétail. La preuve, j'ai trouvé sa crotte, il n'y avait que des fourmis dedans !

–Peut-être… ou peut-être pas, bougonne Baptiste, sceptique.

Jean écoute tout en caressant le petit veau malade qui lui lèche consciencieusement les mains. Le jeune animal, le museau tiède et sec, les yeux brillants, semble trouver un peu de réconfort dans la présence du garçon.

–Et vous, vous l'avez déjà vu, Dominique ?

–Oh ! mon petit, ça je peux te le dire. Ça fait trente ans que je suis pâtre… Eh bien, je n'ai jamais vu l'ours ! Ni Dominique ni les autres. Pourtant, je les connais, oui, tous, à leur pied, mais jamais je les ai vus.

Soudain, Jean désespère de voir un jour Dominique. Si Baptiste n'a jamais vu l'ours…

–Te voilà arrivé. Tiens, je t'accompagne !

Jean et Baptiste descendent de la camionnette et remercient leur chauffeur.

–Oh ! Marcellin ! Tu as de la visite.

Le garde du Parc national est sorti sur le pas de la porte. Baptiste lui explique l'affaire puis s'en va.

– Bien, rentre un moment, dit le garde. Je me prépare, et nous allons monter.

Jean pénètre dans le petit bureau. Sur les murs, en couleurs ou en noir et blanc, toute sa montagne... Des photos. Mais... c'est la cabane, avec Pépé, et les brebis, et Patoune ! Jean est tout étonné, et tout fier, de voir trôner sur la moitié du mur la photo d'Anouilhas. À côté, ce sont des photos de vautour, de gypaète, un magnifique renard, un chevreau d'isard et... un ours.

– Dites, monsieur...

– Appelle-moi Marcellin, garçon.

– Marcellin, c'est vous qui avez pris ces photos ?

– Ah, tu as reconnu Anouilhas et ton grand-père ? Oui, c'est moi qui les ai prises.

– Et cet ours, qui c'est ? C'est Dominique, l'ours aux quatre griffes ou c'est le Gros ? Vous l'avez vu ?

– Toi, mon gaillard, tu sembles connaître bien des choses ! Eh bien, non, ce n'est ni le Gros ni Dominique. Et en plus, tu vas être étonné, cet ours, je ne l'ai même pas vu ! Allez embarque, je te raconterai.

Jean, assis à côté de Marcellin dans la 4 L, s'est tout de suite senti en confiance. Celui-ci lui a raconté comment il avait photographié cet ours sans le voir, simplement en tendant sur son passage un petit fil de nylon relié à la détente d'un appareil photo solidement attaché à un arbre. L'admiration de Jean n'en a été que plus grande. Par contre, pendant la montée, ils n'ont guère parlé. Jean a même eu un peu de mal à suivre les grandes enjambées du garde du parc.

À la cabane, Pépé est occupé à saler les fromages. « Une poignée par jour et par kilog*. C'est simple ! » répète-t-il toujours à Jean. Il frotte consciencieusement chaque fromage avec le précieux sel de Salies-de-Béarn. Une fois qu'ils seront descendus au saloir de la ferme, c'est la mère de Jean qui continuera, pendant trois à six mois, à les saler et à les retourner régulièrement.

– Excusez-moi, dit Pépé, je suis en plein travail. J'ai les mains pleines de sel. Jean, fais un café, et après, tu emmèneras Marcellin.

•

Les deux compagnons arrivent sur le petit sentier. En présence du garde, Jean est pleinement rassuré et il se dirige droit vers la panse de brebis et la crotte.

–Tu avais raison, garçon, c'est bien les restes d'une brebis mangée par l'ours. Mais il faudrait trouver la dépouille complète, elle ne doit pas être loin.

Jean et Marcellin s'enfoncent dans le bois.

–Oh! oh! Baptiste avait deviné juste, s'exclame le garde, c'est le Gros!

Sur un petit passage boueux s'imprime une trace colossale… et les cinq ongles ont marqué. Jean est impressionné par la taille énorme de l'empreinte, mais il ne peut réprimer un petit soupir de soulagement: Dominique est hors de cause, ce n'est pas lui qui a tué la brebis!

–Mais il doit être gigantesque!

–Oh, certainement, il doit peser plus de deux cents kilos. Mais tu sais, il est tellement malin que, si tous les bergers et montagnards le connaissent à son pied, ni moi ni personne, à ma connaissance, ne l'a jamais aperçu.

Marcellin et Jean s'avancent dans les fourrés et commencent à chercher.

–Tiens, regarde Jean, le logement du Monsieur. Le cadavre ne doit pas être loin.

Au milieu des rhododendrons, une grosse cuvette a été dégagée, la terre grattée et le sol aplani par une lourde masse. L'ours s'est longuement assis et couché. Sur le bord, une bonne demi-douzaine de crottes, énormes, pleines de laine blanche, désignent à l'évidence le coupable. Jean a vite fait de s'agenouiller près de cette couche. Il se penche, pour se relever aussitôt, triomphant. Il tient entre ses doigts trois gros poils, noirs, longs et ondulés.

– Tu ferais un fameux pisteur, toi, lance Marcellin. C'est Pépé qui t'a appris tout cela ? Alors trouve la dépouille maintenant, elle est sous tes yeux.

Jean ne voit rien, aucune trace de la brebis.

– Non, je ne trouve pas.

Suivi de Jean, le garde s'enfonce sous un petit bosquet de hêtres. Il y a là un amoncellement de branches et de pierres qui semblent avoir été fraîchement remuées. Qui a bien pu faire une telle construction ?

Une petite touffe de laine et surtout la sarabande de mouches qui n'arrêtent pas de vibrer à ses oreilles mettent Jean sur la voie.

– Ça alors !

Ils défont peu à peu la « cache » de l'ours, enlevant une à une les branches de rhododendrons, de hêtres, les pierres, la terre… De la laine apparaît, puis un lambeau de peau. Enfin, ils dégagent la dépouille de la brebis. La tête et la cloche semblent roulées à l'intérieur de la toison.

–Il a dû l'attaquer en plein jour, explique Marcellin. Tapi à l'affût en lisière de bois, il a attendu qu'elle passe à sa portée… Et hop! Ensuite il l'a traînée ou portée ici, à l'abri; puis il l'a soigneusement dépecée, aussi bien qu'un boucher: il n'y a pas un seul trou dans la peau. Il a bien monté la garde, dormant à côté, le nez dessus malgré l'odeur, dans la couche que tu as trouvée. Enfin, ayant terminé la viande, il a soigneusement roulé la tête, les os et les pattes à l'intérieur de la peau avant de la cacher définitivement.

Jean, en découvrant les pauvres restes déchiquetés de la brebis, sent des flots de rage lui monter lentement à la gorge.

–Maudite bête… C'est pas juste! Pourquoi il nous l'a prise? Il faudrait le tuer, le tuer, murmure-t-il pour lui-même.

Il ravale un petit sanglot, caresse une dernière fois la brebis entre les deux yeux morts, puis il reprend la cloche et le collier qui iront à une autre brebis. Sans un mot il se relève. Les deux compagnons retournent maintenant vers la cabane où Marcellin doit établir avec Pépé les papiers pour le remboursement de la brebis.

–Vous croyez que Dominique ferait cela aussi ?

Marcellin a senti tout le désarroi du jeune berger. Plutôt que de se lancer dans une embarrassante explication, il lui pose, tout en marchant, la main sur l'épaule.

–Oui, je le crois. Oui. Et pourtant, pourtant ils ont aussi le droit de vivre, les ours. Allez, parle-moi de lui plutôt, de ton Dominique.

Et Jean commence, difficilement, puis de plus en plus enthousiaste, à raconter par le menu les grattées et la fourmilière du Plaa des Gentianes, les traces, l'ongle manquant, les poils…

•

Pépé a préparé un bon casse-croûte. L'odeur de la poitrine fumée qui cuit à même la poêle leur parvient avant même qu'ils ne franchissent le seuil de la cabane. Jean a faim, tout d'un coup. Dans la chaude intimité de la petite cabane, les questions fusent.

–Et vous, vous le connaissez, Dominique, vous l'avez vu ? Vous en avez vu souvent des ours ?

–Dominique? Eh bien je crois que je l'ai peut-être vu, mais si peu, juste aperçu. Ici même, ce printemps. J'arrivais de la forêt. Il devait être en train de déterrer les campagnols sur le pâturage. J'ai eu juste le temps d'entrevoir une grosse boule de fourrure onduler et disparaître à toute vitesse dans le bois de Buscagne. Je l'ai vu peut-être deux secondes, ou trois! Il était, m'a-t-il semblé, beige avec du noir sur les pattes et sur le dos.

–Alors c'est lui, c'est sûr! crie Jean.

Il se lève et va chercher son trésor posé dans une petite loge aménagée à même le mur de pierres sèches de la cabane. Il ouvre la petite boîte et montre fièrement les beaux poils ondulés.

–Vous voyez, ce sont les poils de Dominique, il y en a des beiges et des noirs. C'est sûr que c'est lui.

–Alors oui, certainement, Jean de l'Ours, répond Marcellin en éclatant de rire. Si tu le dis, ce doit être lui! Mais je ne suis pas vraiment sûr qu'on puisse reconnaître la couleur d'un ours avec quelques poils.

•

Marcellin est parti. Jean a encore dû monter au Plaa des Gentianes chercher les brebis, traire avec Pépé, laver les bidons – ah, ces maudites orties! Maintenant que le repas du soir s'achève sur cette longue journée, la nuit est bien avancée. Les brebis sont couchées en rond devant la cabane, leurs clochettes « musiquent » doucement.

– Pépé… pourquoi il m'a appelé, « Jean de l'Ours », Marcellin ? demande Jean allongé sur son lit.

– Oh ! c'est un conte qu'on dit en Ariège, et bien autre part en France, paraît-il. C'était il y a bien longtemps. Un grand ours vivait au plus profond de la montagne. Or, un soir, une jeune fille du village était partie dans la forêt ramasser du bois. L'ours arrive, il la prend sous son bras et l'emmène en courant dans sa grande grotte fermée d'une pierre énorme. Au bout de quelque temps passé avec cet ours dans la grotte, elle mit au monde un enfant, moitié ours moitié homme ; comme un enfant des hommes, mais poilu comme un ours. Alors, elle le baptisa Jean de l'Ours. Et ce Jean devenait très fort, si fort que…

Mais Pépé est interrompu par un ronflement régulier… Jean, épuisé d'avoir galopé toute la journée du haut en bas de la montagne, a sombré dans un profond sommeil.

6

Tout doucement, une grosse boule lui monte dans la gorge. Oui, Jean a envie de pleurer. Pleurer sur qui, sur quoi ? Sur rien, sur les copains du village, sur le brouillard, sur sa chemise et son pantalon trempés qui lui collent à la peau, sur la chair de poule et les petits frissons de froid qui lui courent dans le dos dès qu'il reste immobile quelques minutes, assis sur un caillou mouillé.

Jean est planté là, tout seul, au milieu de la Coumotte. Il perçoit à peine le tintement des clochettes des brebis qu'il est censé garder depuis deux heures déjà. Deux heures sans rien. Rien que le brouillard, l'humidité, le froid et l'ennui. Rien à voir depuis trois jours, que cet écran de coton qui engloutit tout, qui efface tout ce qui se trouve plus loin que le bras tendu. Seul, seul dans cette masse spongieuse et molle qu'on traverse toujours et qui toujours vous suit et qui toujours vous cerne. Et cette grosse boule qui monte de plus en plus dans la gorge, ces yeux qui piquent un peu…

– Et puis tant pis, tant pis et tant pis ! Pépé, il dira ce qu'il voudra ; moi je rentre !

Jean lâche tout. Jean s'enfuit vers le petit univers chaleureux de la cabane, vers ces quatre murs solides et clos, vers le feu qui vit, qui éclaire et qui réchauffe, vers des vêtements secs et un chocolat fumant ; vers la présence de Pépé enfin, même furieux, même en colère, ça ne fait rien. Quelqu'un, quelqu'un seulement, pour être avec lui, pour ne pas être seul.

Car, en colère, Pépé le sera, c'est inévitable. Abandonner la garde du troupeau, comme ça, sans raison, et en plein brouillard ! Alors que c'est le temps préféré de l'ours pour chaparder une bête. C'est dans le brouillard qu'il a blessé la Carèse et tué l'autre brebis, presque sous le nez de Pépé, d'ailleurs.

L'ours, l'ours… tu parles, tiens ! Dire qu'il voulait le voir, que c'est presque pour cela qu'il avait proposé à Pépé de passer l'été avec lui, à Anouilhas ! « Pas vu la queue d'un» comme l'on dit, depuis presque trois mois qu'il est là-haut. S'il avait su, tiens !

Jean exagère un peu. Il a quand même eu l'occasion, plusieurs fois cet été, de retrouver la trace de Dominique ou celle du Gros, ainsi que les crottes qui peu à peu se sont emplies de myrtilles et de framboises, ressemblant parfois à des petits tas de confiture... l'odeur y compris. Marcellin lui a aussi montré sur le sentier de Buscagne un sapin que l'ours a griffé et mordu pour s'y frotter ensuite, laissant, collés dans la résine, des poils à poignées.

Jean traverse maintenant le bois. Il a accéléré le pas. Il voudrait bien donner de grands coups de pied dans les cailloux, mais ce n'est même pas possible : ses bottes s'enfoncent dans la boue presque à chaque pas, il doit parfois tirer dessus pour les dégager, elles s'extraient alors de leur gangue gluante avec un chuintement dérisoire. Jean a, petit à petit, transformé en colère la détresse, la solitude qui lui écrasaient les épaules. Colère contre tout et tout le monde ; contre le brouillard bien sûr, contre cette boue et ces bottes, contre cet ours fantôme qu'on ne voit jamais, contre la montagne, contre Pépé... Ah ! Il donnerait tout cela oui, et vite, contre une partie de foot au soleil avec ses copains.

Il enfonce la tête dans les épaules en marmonnant chaque fois qu'une branche de hêtre, secouée au contact du béret, fait dégouliner quelques gouttes glacées dans son cou et le long de son dos. Il renifle rageusement.

Crroh ! Crroh !

Jean s'est figé sur place, le pas arrêté. Un petit gloussement rauque a attiré son attention. Trop tard ! Froissement d'ailes. À une dizaine de mètres, à peine visible en limite de brouillard, une poule de bruyère splendide dans sa livrée rousse et noire a sauté le chemin avec deux jeunes presque aussi grands qu'elle. Il ne voit rien mais les petits gloussements recommencent. Jean a vu bouger de l'autre côté du sentier. Il se sent dévisagé. Il cherche. Un imperceptible mouvement trahit enfin la présence que Jean a devinée. C'est un autre jeune de la nichée qui est resté en arrière et que sa mère appelle. L'oiseau est roux, difficile à distinguer sur le roux des feuilles mortes de hêtre, dans la brume. Il marche à pas saccadés, la tête dressée, comme un vieux soldat qui défile. Il se tient de profil, son gros œil rond brille comme une perle noire et regarde Jean. Il passe derrière un jeune tronc de hêtre et s'y dissimule pendant quelques instants. Jean ne voit plus que la petite tête qui, immobile, dépasse du cylindre gris et lisse, et cette perle noire qui le fixe intensément.

Crroh ! Crroh !

L'appel de la mère a repris. Le jeune hésite, puis il s'avance, toujours aussi raide et guindé ; il traverse le sentier à quelques mètres de Jean et s'enfonce dans les hautes herbes puis dans les myrtilles. Jean n'entend plus rien, la mère poule a rassemblé sa nichée et doit s'éloigner discrètement sous le couvert.

La colère de Jean ne s'est pas évanouie avec cette rencontre un peu irréelle, pas plus que n'a changé cette brume poisseuse et froide. Néanmoins, Jean est de nouveau attentif. Il est vrai que le brouillard, en plaquant au sol les bruits et les odeurs, désarme la vigilance des bêtes sauvages, rendant possibles des approches inimaginables par temps clair. Jean guette maintenant, espérant, pourquoi pas, une autre rencontre dans cet univers étouffé. Il arrive au fameux Pas de l'Ours. Ici, le sentier fait un coude puis se resserre en un étroit passage. Jean s'arrête, regarde, écoute dans la touffeur. Non, rien. Pourtant il lui a semblé… Non, rien. Il reprend sa marche, dépasse le tournant… Dans la glaise du chemin, toute fraîche, toute sèche, parfaitement dessinée, au milieu des empreintes de brebis et de vaches toutes détrempées… la trace de Dominique. En avant des cinq petites cuvettes laissées par les orteils de l'ours, il n'y a que quatre marques de griffes. La trace vient d'être faite, maintenant, sinon elle serait déjà imbibée d'eau. Et la trace ne va pas dans le même sens que Jean, au contraire elle vient vers lui.

« Dominique est là. Là, quelque part, à côté. On marchait l'un vers l'autre. On allait se rencontrer ! Il m'a senti, il s'est caché. Il est là, tout près ! » Jean est à peine accroupi sur la trace, il ne bouge plus. Ses jambes tremblent un peu d'émotion. Il est là. Jean est partagé entre la peur de l'ours et la joie de cette rencontre attendue, désirée depuis si longtemps. « Dominique, c'est moi, Jean, je suis ton ami. Je suis là. » Jean ne sait pas s'il prononce ces paroles ou si, simplement, il les pense très fort. Par contre il est certain que Dominique est à quelques mètres, il cherche. Ses yeux roulent de-ci, de-là, dans le fourré de petits hêtres, mais les arbustes sont si denses, si épais, impénétrables comme un écran de verdure, qu'il ne peut rien voir. Il retient sa respiration. Il écoute maintenant, comme Marcellin lui a appris à le faire. Tendu, il dirige ses oreilles comme on dirige ses yeux, mais il ne perçoit que le bruit mat et confus des gouttes d'eau qui perlent de feuille en feuille.

« Dominique, montre-toi, » supplie Jean dans sa tête. Tendu comme un arc, il essaye de tous ses sens d'aller au-delà de cet écran étouffé de couleurs et de bruits, pour trouver Dominique. Mais rien, pas un frémissement, pas le moindre indice qui permette de deviner, de situer l'animal ; d'indiquer même une direction... de savoir seulement s'il est à droite ou à gauche du sentier ! Rien.

Jean se relève lentement, les sens toujours en éveil. Debout, peut-être apercevra-t-il, entendra-t-il mieux la présence de Dominique. Il reprend doucement sa respiration, il se sourit à lui-même en entendant son cœur qui bat si fort, qui cogne contre sa poitrine. L'eau du brouillard qui se condense dans ses cheveux lui coule du front sur le nez et les lèvres. Attendre, écouter, percer le mur de feuillage.

Grouuff... un fracas de branches secouées et brisées, une masse confuse à peine entrevue, du beige et du noir, un énorme galop dans la pente. Jean écoute, écoute encore le bruit de Dominique qui s'étouffe en quelques secondes dans les profondeurs du brouillard et de la forêt. Il reste planté là, immobile et tremblant d'une émotion où se mêlent la peur et le bonheur. Il avale de grandes goulées d'air humide et frais, retrouvant lentement son corps, ses bras, ses jambes engourdies. Puis il dégringole vers la cabane.

–Pépé! Pépé!

–Qu'est-ce qu'il y a petit? Oh, oh, doucement!

–Au Pas de l'Ours, je l'ai rencontré. J'ai rencontré Dominique! L'année prochaine, je le verrai et il me reconnaîtra, j'en suis sûr!

Deuxième été

La vraie nature de Dominique

7

L'hiver était passé très vite. Carèse avait mis bas deux splendides agneaux qui tétaient goulûment. Jean était très fier de sa protégée. Les cicatrices de son aventure, parfaitement guéries, restaient cependant bien visibles sur sa cuisse. Depuis une quinzaine de jours déjà, les grues « repassaient » : volant très haut en escadrilles immenses, elles arrivaient d'Afrique et remontaient vers le nord après avoir franchi les Pyrénées. Et, surtout, la veille, Jean avait vu pour la première fois de l'année la Marie-Blanque* ! Le petit vautour migrateur était lui aussi revenu d'Afrique, signant, de l'éclair blanc de son plumage étincelant sur le bleu du ciel, le retour du printemps.

C'est pourquoi Jean ne tenait plus en place, assaillant toujours Pépé de la même question: «Tu crois qu'il est réveillé? Qu'il a fini son hibernation? Tu crois qu'on peut y aller, maintenant?» Et le vieux berger avait enfin accepté de partir à la recherche de Dominique, tant qu'il y avait assez de neige pour suivre les traces. Grand-père et petit-fils avaient monté l'expédition sous le double prétexte d'aller vérifier si la cabane avait bien résisté à l'hiver et de faire provision de *batailhs* en cœur de sapin pour les brebis.

•

Jean a mis dans le sac à dos ses jumelles toutes neuves; un fameux cadeau de Noël auquel avait pensé Pépé. Puis, son père les a accompagnés en camionnette jusqu'au Chêne de l'Ours. Les deux complices grimpent facilement jusqu'à l'estive.

Ils s'arrêtent parfois près d'un sapin abattu par l'hiver, sortent la scie. Et un nœud de sapin alourdit bientôt l'un des deux sacs.

Les hauts pâturages du cirque d'Anouilhas, tous les flancs du col Lurdé, sont encore ensevelis sous une épaisse couche de neige. Seul le grand replat autour de la cabane est déjà reconquis par l'herbe. Quelques gros névés solitaires achèvent d'y fondre, auréolés d'une couronne blanche et mauve : les centaines de corolles des renoncules et des soldanelles qui éclosent dans la neige fondante.

Les deux compères se sont assis sur un gros rocher, délicieusement chauffé par le soleil. Chacun, avec ses jumelles, commence sa minutieuse inspection.

Jean folâtre à grands déplacements de jumelles sur les pentes éblouissantes du col Lurdé, tandis que Pépé longe lentement la bordure du bois de Buscagne.

– J'en ai un ! lance le jeune garçon.

Il a « attrapé » un magnifique isard dans le double cercle de ses jumelles. Celui-ci se détache parfaitement sur la blancheur de la neige. Il a encore son gros poil gris de l'hiver, mais quelques plaques plus claires annoncent la mue du printemps. Il part au galop. À chacun de ses bonds, fusent de petits paquets de neige étincelant au soleil. Mais voilà qu'une de ces gerbes blanches, au lieu de retomber au sol, file à l'horizontale au-dessus de la neige. Jean la suit aux jumelles, il lui faut quelques secondes pour comprendre et reconnaître dans cet éclair blanc un lagopède*, encore en tenue hivernale. Dérangé par l'isard qui lui a presque marché dessus, il s'est brusquement envolé et traverse une partie de l'estive au ras du sol. Puis il disparaît, posé, blanc sur blanc, à même la neige.

– Ah, ah ! Intéressant ! dit soudain Pépé. Regarde vers le Plaa des Gentianes, Jean, entre le Pin Mort et la lisière.

Le garçon règle son optique et fouille à l'endroit désigné par son grand-père. Il distingue bientôt une piste dans la neige, sortant du bois de Buscagne. Les dimensions semblent imposantes.

– Alors, qu'en penses-tu ?

– Oh, un homme, ou un ours. On y va ?

En montant dans la neige, ils aperçoivent d'abord la trace d'un renard. Les empreintes sont toutes fraîches, il n'y a pas longtemps qu'il est passé. La piste parle d'elle-même. Il est facile de suivre et d'imaginer Maître Goupil, ses tours et ses détours, en quête de quelque chose à se mettre sous la dent. Là, il a creusé des trous dans la neige pour chercher de petits campagnols, là…

Mais les deux compagnons approchent des grosses traces aperçues depuis le bas. Pépé a sa petite idée sur l'auteur de la piste : l'écartement des pas, cette façon de marcher les pieds en dedans… Ils se penchent sur les traces. L'alternance régulière des « pieds » tout en longueur et des « mains » à la paume large et courte lève toutes les interrogations. Jean s'accroupit et découvre avec ravissement tous les détails finement imprimés dans la neige. L'ours. Ses premières retrouvailles avec l'ours !

Son regard est vite attiré par une autre piste, parallèle à la piste principale. On dirait de grosses empreintes de blaireau... ou de minuscules empreintes d'ours. Jean lève les yeux vers son grand-père, calmement appuyé sur son bâton, mais qui semble au comble de la jubilation.

Comme s'il réservait à son petit-fils une surprise de taille.

Jean met ses idées en ordre : l'ours, oui ; la petite trace ce ne peut être que... un ourson.

Alors une mère ourse et son ourson. Son ourson... Non. Inscrites à l'intérieur même des grosses empreintes, des petites traces identiques encore. Alors deux oursons. Et puis...

Ça y est ! Le regard de Jean s'est à nouveau posé sur l'une des grosses traces, une patte avant droite. Ce n'est pas possible, comment ne l'a-t-il pas repérée plus tôt ?

– Ça alors, ça alors... répète Jean en relevant la tête.

Devant la stupéfaction de son petit-fils, Pépé éclate de rire.

–Eh bien, on peut dire qu'il nous a bien fait marcher ton Dominique, enfin non, TA Dominique ! Il va falloir s'habituer à en parler au féminin maintenant !

En effet, cette empreinte de patte avant n'a que quatre griffes ; quatre ! Jean a du mal à se rendre à cette évidence. Dominique n'est pas un ours, mais bel et bien une mère ourse, et qui a cette année deux petits oursons !

Il en bégaye d'émotion. Il regarde la piste filer, revient aux empreintes, qu'il détaille minutieusement, suit de nouveau la piste des yeux, revient… Il les voit comme s'il y était : Dominique marchant devant, un petit ourson gambadant à côté et l'autre suivant sagement sa mère. Déjà, il est avec eux. Il suit les traces.

–Oh ! Jean de l'Ours ! Tu oublies ton bâton et tes jumelles ! Ne tarde pas trop quand même. Moi je suis fatigué, je descends. Je t'attends à la cabane.

Jean récupère rapidement son matériel. Il longe la piste qui s'en va vers les pentes du col Lurdé, naviguant entre d'énormes blocs de rochers qui lui cachent parfois les traces.

Grroin… Grroin…

Comme un grognement, un petit cri de cochon. Jean s'est arrêté, un grand choc dans la poitrine lui a coupé la respiration. *Do*... Non. Fausse alerte. Un petit point écarlate, minuscule, semble le dévisager. Rapidement, se forme autour de ce rubis l'image somptueuse et étincelante de l'oiseau blanc levé tout à l'heure par l'isard. La caroncule* rouge souligne le petit œil brillant au milieu du plumage immaculé du lagopède. Il s'éloigne en marchant à petits pas, l'œil tourné vers Jean, ponctuant sa fuite de sonores raclements de gorge. Il se dissimule derrière un bloc rocheux et Jean continue sa progression.

Il arrive au pied même du col. À cet endroit, les empreintes de pas se font innombrables. Au-dessus, dans une pente raide, une confusion de traces d'oursons longe une étrange gouttière rectiligne où la neige est légèrement creusée et parfaitement lisse. Un toboggan pour oursons, les petits espiègles se sont tout simplement amusés à la glissade !

Jean rit tout seul au spectacle qu'il imagine sans peine : les petits oursons grimpent à toute allure en haut pour se laisser glisser sur le derrière ou sur le ventre, culbutant, dégringolant, se chamaillant pour monter plus vite, se télescopant dans la descente, repartant sans cesse, sous le regard attendri de Dominique... de Madame Dominique.

•

Jean a rejoint son grand-père à la cabane. Le vieux berger a allumé un chaleureux petit feu de genévrier.

– Dis Pépé ? Si j'attrapais un ourson, je pourrais l'apprivoiser, hein, et il deviendrait mon ami ?

– Comme Pierre de Listo, le montreur d'ours. Il se promenait, de village en village, avec sa bête attachée par une chaîne. On venait voir l'ours qui se mettait debout, qui marchait avec un bâton, qui dansait sur ses pattes de derrière, qui faisait la quête en tenant un béret dans sa main. Et puis surtout, on faisait les neuf pas : on montait à cheval sur l'ours et Pierre le faisait marcher. Neuf pas. Et il disait à chaque pas : *U**, *deus… nau. Que lou bon Diu te garde du mau*, et ça devait nous guérir de toutes les maladies. On disait : « Pierre, fais-le monter au piquet », et l'ours montait tout en haut du piquet, puis il sautait. On s'amusait beaucoup avec lui. On aimait bien passer nos deux mains dans ses poils rudes et regarder sa bonne grosse tête ! Mais maintenant, il n'y a plus de montreurs, et plus guère d'ours !

8

Cette fin d'après-midi, Jean remonte du village. Il y a déjà presque un mois qu'il est à Anouilhas. Cet été, c'est lui qui fait l'essentiel du travail car Pépé est de plus en plus handicapé par son cœur et ses rhumatismes. C'est justement pour cela qu'il est si pressé. Il a perdu du temps à l'aller car aucune voiture ne l'a pris, et il a dû parcourir à pied les huit kilomètres de route qui le séparaient de la ferme. Au retour, son père l'a amené avec la camionnette. Ils ont rapidement embarqué les fromages puis remis le bât à Mireille, restée sagement attachée au pied du Chêne de l'Ours, chargé les bouteilles de gaz et le ravitaillement... avec les médicaments pour le cœur de Pépé!

Jean voudrait grimper rapidement pour combler son retard. Il a pleine confiance dans la puissance de ses mollets et de son souffle. Mais il faut suivre le rythme lent de la brave Mireille, de surcroît fort chargée. Il tire sans ménagement sur la longe ; il en a assez de la vieille ânesse.

– Mais arrête de te traîner, accélère un peu !

Mireille ne peut, ou ne veut pas marcher plus vite.

Jean s'impatiente en voyant le jour baisser. Il pense à Pépé qui aura dû aller seul chercher les brebis. À moins, ce qui était déjà arrivé, que Patoune ne les ait ramenées de sa propre initiative. Mais plus Jean tire sur la corde pour tenter de forcer son allure, plus, semble-t-il, Mireille ralentit sa marche. Les voilà enfin à Magas.

Mireille a bronché un peu avant de passer ; comme toujours, depuis la rencontre avec l'ours. Cependant, grâce à cela, Jean est maintenant certain qu'elle ne rebroussera plus chemin, seule, vers la vallée. Avec un soupir excédé accompagné d'une bourrade, il pose la corde sur le cou de l'ânesse.

– Allez, va ! Tu as obtenu ce que tu voulais, vieille fripouille !

Tout de suite arrêtée, Mireille mâchonne avec délectation un chardon à sa portée. sur le bord du chemin, apparemment très satisfaite du tour que prennent les événements. Elle regarde nonchalamment son jeune maître s'éloigner à grandes enjambées… seul. Elle rejoindra la cabane, oui, mais à son pas et à son heure.

•

– Eh bé ! votre Patoune, c'est quelqu'un !

La grosse voix de Baptiste a surpris Jean et Pépé en pleine traite matinale.

– Oui, raconte Baptiste, votre Patoune, je l'ai reconnue, elle est à Magnabaigt, avec le troupeau d'Ambroise, le berger de cette montagne, et avec deux agneaux ! Hier soir, on était devant la cabane à bavarder avec Ambroise, on voit un point blanc, à la sortie de la forêt, au-dessus de nous. J'ai sorti les jumelles et j'ai aperçu Patoune et deux agneaux. C'était un spectacle à peine croyable : elle s'arrêtait en dessous d'eux, les incitait à descendre, elle remontait les chercher, elle s'étendait à côté quand ils se couchaient, elle les léchait longuement, repartait. Elle a mis près de deux heures pour les amener jusqu'au troupeau, comme ça, tout doucement. On n'en croyait pas nos yeux, Ambroise et moi !

La veille, Jean avait emmené le troupeau paître dans le bas d'Anouilhas. La brebis avait dû agneler près de la forêt. Puis, quand le troupeau était remonté vers la cabane, elle avait préféré le suivre. Et abandonner ses deux agneaux, incapables de monter la pente sur leurs pattes encore si fragiles. C'est Patoune qui les avait alors pris en charge. Puisqu'ils n'étaient pas assez solides pour monter, elle les avait fait descendre doucement vers le bas, jusqu'à trouver un autre troupeau et une autre cabane.

Baptiste est encore tout émerveillé de l'exploit de la chienne. La traite achevée, les trois amis descendent à Magnabaigt. Patoune attend à la cabane avec les deux agneaux, elle jappe, remue la tête et la queue, et se frotte contre Jean, enfin retrouvé, en le regardant de ses grands yeux doux.

– Tu es vaillant toi, Jean, dit Pépé, et moi je suis bien vieux. C'est toi qui vas remonter les agneaux.

Après avoir cassé la croûte avec Baptiste et Ambroise et les avoir longuement remerciés, Pépé sort du sac à dos le fameux « sacazé », ces deux grandes poches jumelles réunies par une bande de toile. Avec précaution, il glisse un agneau dans chaque poche. Enfin il pose la bretelle sur l'épaule de son petit-fils. Jean est tout ému et fier de porter ainsi les agneaux. Il en a un contre le ventre qui le regarde de ses deux petites billes effarées, il sent sa chaleur à travers la toile. L'autre se balance derrière son dos. Patoune lui emboîte le pas, comme si elle veillait encore sur les nouveau-nés. Ils remontent ainsi lentement jusqu'à la cabane où les attend la mère brebis enfermée dans le parc. Les agneaux se précipitent tout de suite vers les mamelles gonflées, mais la brebis s'enfuit. Elle les bouscule même d'un coup de tête. La mère indigne ne reconnaît plus ses enfants !

Il a fallu tout le savoir-faire de Pépé pour qu'elle les accepte enfin. Sur ses conseils, Jean frotte le dos des agneaux avec du sel, puis immobilise de force la brebis. La mère, en léchant le sel qui enduit la toison de ses petits, s'imprègne de nouveau, lentement, de leur odeur. Et maintenant qu'ils s'approchent du pis et commencent à téter, la brebis continue à les lécher, se laisse faire.

–Ça y est, elle les a réadoptés ! crie Jean en se retirant.

Heureux, il vient s'asseoir à côté de son grand-père sur le petit banc de pierre adossé à la cabane. Ils regardent les agneaux téter goulûment leur mère enfin retrouvée, grâce à Patoune. Celle-ci vient poser sa tête entre les genoux de Jean, le regardant tendrement. Chaque fois qu'il passe la main dans les poils soyeux de son crâne, elle ferme les paupières, pour les rouvrir immédiatement après, comme si elle lui répétait : « Oui, encore, caresse-moi encore, j'ai bien travaillé hein ? »

– Pépé, dis-moi le patou de Buzy…

– Ça, c'était à la grange de List, le patou, comme une brave chienne tu le sais, restait toujours avec les brebis, il n'avait pas de niche, il vivait dans le troupeau. Il était donc enfermé la nuit avec les brebis dans la grange. C'était l'hiver, ma grand-mère était toute petite, elle s'en souvenait. C'est qu'il y avait des loups à l'époque. Mon arrière-grand-père arrive à la grange, il ouvre… Le patou se précipite en gémissant. Il avait du sang sur les mâchoires, sur la tête. Et derrière lui, dans la grange un carnage terrible, des brebis mortes éventrées, du sang partout et, tassées au fond les unes contres les autres, quelques brebis saines et sauves, toutes tremblantes de peur. Alors, tu parles, il s'est dit que le chien était devenu fou, qu'il avait la rage ou quelque chose comme ça. Très vite il l'a tué et enterré, puis il a essayé de sauver les brebis blessées.

À quelque temps de là, on s'en vient pour évacuer le fumier. Cela faisait une couche très très épaisse que l'on ne retirait qu'une ou deux fois dans l'hiver. Chacun avec sa fourche remplissait les brouettes. Un oncle, il pique dans quelque chose de dur. Il dégage aussitôt le fumier autour et il découvre... le cadavre d'un loup ! Alors tout le monde a compris. Le patou, loin d'égorger le troupeau, l'avait au contraire défendu contre le loup. Il avait même réussi à tuer le fauve après un terrible combat, puis il l'avait enterré pour ne pas trop effrayer les brebis survivantes. Et on l'avait tué, lui, le brave patou ! Ma grand-mère disait qu'ils avaient pleuré leur patou pendant plusieurs mois.

9

– On va cueillir quelques colliers de brebis, aujourd'hui ?

Jean regarde son grand-père, incrédule. Souvent il est allé avec lui, à la ferme, récolter les jeunes tiges de frêne ou de noyer pour les colliers des vaches et des brebis. Mais aller « cueillir » des colliers, non, cela Jean ne comprend pas.

Ils montent les brebis vers Lurdé, puis les laissent à la garde de Patoune et s'enfoncent dans le bois de Buscagne. Pépé quitte rapidement le sentier. Ils avancent entre des sapins géants, aux grosses barbes de lichen, et quelques hêtres ventrus. Les voilà maintenant au milieu de jeunes hêtres dont les troncs s'élancent vers le ciel en colonnes grises et effilées. Pépé a déposé sa besace et observe son petit-fils. Jean a soulevé son béret et se gratte la tête. Non, il ne rêve pas. Il voit autour de lui, sur les arbres, de curieuses décorations : des colliers de brebis, tout ronds, collés contre les troncs, comme des cadeaux accrochés au sapin de Noël !

Jean se tourne vers le visage moqueur de son grand-père.

– Mais, c'est fait comment ?

Jean s'approche : en fait, ce sont des lames de bois, seulement à demi détachées du tronc, qui ont pris cette forme parfaitement circulaire. Il se souvient maintenant de ces hêtres cassés par les avalanches ou le vent : les lames qui émergent alors des troncs déchiquetés se plient naturellement, s'enroulent bientôt en cercles presque parfaits. Il suffit donc d'aider un peu la nature puis de la laisser travailler seule. C'est d'ailleurs ce qu'a aussitôt entrepris Pépé : il prépare les futurs colliers. En quelques coups de hache, il décolle à demi une lame de bois le long du tronc. L'an prochain, elle se sera éloignée du tronc et arrondie en un collier qu'il suffira de « cueillir ».

Pendant que Pépé rassemble les colliers, Jean furète à la recherche de quelques faînes, les fruits du hêtre, au fin goût de noix. Mais elles sont encore sur les arbres.

Il est trop tôt dans la saison pour les ramasser à terre, mûres à point.

– C'est vrai que l'ours adore les faînes ?

– Bien sûr que oui, comme le sanglier et les palombes ! Mais les vieux racontent que ce n'est pas pour ça que l'ours gratte sous les hêtres.

Pépé s'est assis, il a sorti son couteau et commence à lisser la surface d'un collier ; il détache doucement les fins copeaux, presque transparents.

– C'était le bon Dieu qui visitait notre vallée. En ce temps-là, il n'y avait pas d'ours dans les Pyrénées. Donc, il arrive là, un dimanche. Le forgeron forgeait à tour de bras. Si fort qu'il a envoyé une étincelle dans l'œil du bon Dieu. Le bon Dieu était furieux :

« Forgeron, non seulement tu travailles un dimanche, mais, en plus, tu me fais mal. »

Et il commence à l'eng… Le forgeron avait mauvais caractère, il se met à gueuler aussi fort que le bon Dieu. Alors, le bon Dieu lui a dit :

« Puisque tu grognes comme un ours, un ours tu seras. À tout arbre tu pourras monter, sauf sur le hêtre ! »

Et il l'a transformé en ours. L'autre, qui était devenu ours, lui a alors répondu :

« Puisque c'est comme ça, je le déracinerai ! »

Et c'est depuis ce temps-là qu'il y a des ours dans les Pyrénées et que les ours grattent sous les hêtres. Voilà ce que disaient les vieux. Allez, je rentre à la cabane avec les colliers, je n'ai pas le courage de remonter. Té, monte récupérer les brebis. Tu as le temps.

Pendant que son grand-père descend directement à travers bois, Jean reprend le sentier qui monte vers le Plaa des Gentianes.

Dans la boue d'une ornière est délicatement imprimée la trace caractéristique du sanglier avec ses deux petites marques en forme de croissant de lune, juste derrière les deux sabots principaux.

– Oh ! il doit y avoir un gros mâle, et ce n'est pas vieux, remarque Jean en constatant la relative fraîcheur des empreintes.

Le voilà qui débouche aux « Ujous* ». C'est le nom de cette petite clairière pleine de myrtilles. Elles s'offrent à Jean par bouquets entiers, leur peau satinée, gonflée à en éclater, de jus bleuâtre et sucré.

C'est meilleur que la racine de gentiane ! Jean en a vite les mains et les lèvres toutes bleues. Mais c'est si bon ! Il s'accroupit pour aller plus vite encore. Il est tout absorbé par sa délicieuse occupation. Pourtant des bruits curieux lui font dresser l'oreille. Cela vient de la partie supérieure de la clairière, séparée du bas par quelques gros blocs de granite et une petite lisière de bouleaux... Difficile à identifier... Un étrange remue-ménage, accompagné parfois de petits grognements. *Les sangliers, c'est les sangliers. Ils doivent labourer la clairière comme derrière le Plaa des Gentianes.* Jean tend son visage. La brise tiède lui caresse légèrement la joue gauche, celle qui est tournée vers le haut de la clairière. *Ça va, je suis presque à bon vent. En passant par le bas, ce sera parfait.* Et Jean commence son approche. Légèrement penché en avant, il longe lentement le bas de la clairière, pas après pas. Il vérifie que nulle branchette morte ne risque de se briser sous son pied. Il écoute, il vérifie le vent, il écoute encore. Mais... tout bascule d'un coup dans sa tête, les idées se télescopent, puis s'ordonnent à nouveau : ces petits cris n'ont rien à voir avec les gros ronflements haletants des cochons de la maison ; et puis Pépé dit toujours que sangliers et blaireaux ne sortent qu'à la nuit noire ; et puis les ours adorent les myrtilles !

Jean est sûr maintenant. Ce vacarme, derrière les rochers, c'est Dominique et les oursons qui le font ! Jean les imagine déjà, rien qu'à les entendre. Il les devine se chamaillant, se bousculant, roulant l'un sur l'autre, et puis, surtout, se gavant de myrtilles, assis sur leur derrière et croquant à pleine gueule les fruits juteux, les lèvres et la langue aussi bleues que la sienne !

En équilibre sur ses jambes à demi fléchies, tous ses muscles tendus, Jean est saisi d'un léger tremblement, impossible à maîtriser autrement qu'en continuant à avancer. Il est maintenant tout proche de la petite lisière. Il marche à quatre pattes, posant toujours plus délicatement mains et genoux. Presque enfoui dans les myrtilles, il n'entend plus guère que le concert grésillant des centaines de sauterelles qui stridulent à ses oreilles. Le voilà derrière un des gros rochers. Se relever sans faire de… Clac ! Une ramille de bouleau vient de claquer sous son pied. Il s'immobilise, il attend. Il n'entend plus rien. Il continue à se relever, sa tête dépasse lentement du bloc, la clairière apparaît par degrés au ras du rocher : la lisière d'en face d'abord, puis les grandes fougères à peine caressées par la brise, enfin les arbrisseaux… Ses yeux scrutent les moindres recoins. Vide. Jean se relève complètement. Vide. Sa tête aussi est maintenant toute vide. Il a entendu, oui, mais quoi ? Les sangliers, les oursons, un merle, ou le vent dans les feuilles, ou rien ?

Jean avance dans la clairière, désemparé, à la recherche d'un indice auquel raccrocher son rêve éveillé. Il se penche, il observe, il retrouve son instinct de trappeur : des myrtilles toutes affaissées, « on » est bien passé par là. Et là, deux crottes, toutes fraîches, pleines de myrtilles, une grosse et une petite ! Jean continue à chercher. Il s'agenouille soudain devant un caillou moussu.

Ça y est, là, la preuve, devant lui : comme parfaitement découpé aux ciseaux dans la mousse, le dessin exact d'une patte d'ourson avec ses cinq doigts tout ronds. Un des petits a gratté le rocher, décollant la fine carapace verte et laissant son empreinte, sa signature.

C'était bien Dominique et ses oursons qu'il a entendus jouer à quelques dizaines de mètres de lui. L'ourse a dû s'éclipser discrètement avec sa progéniture quand elle a deviné la présence de Jean.

Jean est accroupi devant le caillou. Criii… Un brusque coup de vent vient d'arracher à un vieux sapin un grincement sinistre, alors que de lourds nuages se pressent devant le soleil. En quelques instants, la clairière si ensoleillée s'assombrit et les bouleaux de la lisière frémissent frileusement sous la brise froide. La forêt alentour s'obscurcit, devient soudain noire et hostile. Jean, accroupi au milieu des fougères, est tout seul, tout petit. Comme l'an dernier à Maupas, une panique indéfinissable le saisit. Il sent sa pomme d'Adam qui va et vient dans sa gorge sèche. Il tente de se raisonner : à douze ans on ne s'affole pas comme ça, ourse et oursons sont déjà loin, c'est évident. Ils se sont enfuis dès qu'ils ont repéré Jean. Il ne peut en être autrement. Mais, irrépressible, une sourde angoisse suinte de la forêt, une petite voix lui présente, quelque part, autour, tout près, là, ou là, une ourse tapie, embusquée, prête à sauter griffes en avant, dans les fougères, ou derrière ce gros sapin, ou…

Jean a bondi d'un coup, comme un ressort brusquement déclenché. Il ne sait même pas s'il a crié. Il déboule à toute allure vers le Plaa des Gentianes, vers la cabane. Tant pis pour les brebis ! Il arrive tout essoufflé à la cabane, encore chaviré par son aventure.

– Alors, dit Pépé, après le récit de son petit-fils, tu as eu bien peur hein ? On dit que quand on rencontre l'ours, il faut être poli, il ne faut pas s'enfuir, il faut lui parler. Sinon, gare ! Surtout avec la mère et les oursons. Elle les défend, ses enfants, tu sais ! Caberou, comme ça, il avait failli être tué !

Jean fronce les sourcils, inquiet, mais il a tellement envie de savoir quand même !

–Il était berger à Borce. Il montait à la montagne voir ses brebis. Juste en sortant du bois, il trouve une brebis morte, et les oursons qui jouaient dessus. Ils la mordaient, la déchiraient. Ah ! je te prie de croire, lui, il n'a pas été poli, ça non ! Il a pris le bâton et « Pim, pam ! » sur les oursons. Ils piaillaient. Mais ça n'a pas duré. Il a vu arriver la mère au grand galop. Il s'est échappé, mais elle le rattrapait. Il a essayé de lui jeter son béret pour l'occuper, mais tu parles, elle a continué, elle l'a rejoint et lui a attrapé la fesse avec les griffes, oui ! Elle en a arraché un morceau ! Lui il filait, il dégringolait dans les broussailles, dans les rochers. Elle a fini par le laisser. Quand il est arrivé au village, il était tout blanc comme un mort, il saignait de partout. Ils l'ont descendu au médecin. Le médecin, il voulait pas croire son histoire, mais quand il lui a montré son postérieur, il y avait les traces des griffes !

–Mais moi, elle me connaît, elle ne m'aurait jamais fait ça. Et puis je n'ai pas été impoli. Qu'est-ce qu'il faut faire pour être poli, alors ?

–Oh ! moi, je t'ai raconté. Quand je l'ai trouvé au Chêne de l'Ours, en pleine nuit, on n'a pas eu le temps de s'en faire, des politesses. Il a poussé son « hurlé » en dégringolant dans la pente et moi je suis resté planté là, muet de terreur. Par contre, c'était arrivé à Mme Passet. Elle descendait d'un hameau isolé pour aller prendre le train. Elle prend un raccourci pour gagner du temps. Tout d'un coup, sur le bord du chemin… l'ours. Aie ! Elle s'arrête. Il la regardait, assis, comme ça. Elle s'est dit très vite : « Papa m'a toujours appris que si je rencontrais l'ours, je devais être polie. » Alors, elle lui a dit ce qui lui passait par la tête : « Et bonjour, Monsieur l'Ours, vous êtes bien matinal, aujourd'hui ! » L'ours l'a regardée, il bougeait toujours pas. Mais elle n'avait plus d'idées, alors elle a répété : « Et bonjour, Monsieur l'Ours… », et puis, elle a fait un pas, deux, l'ours ne bougeait pas et elle, elle répétait toujours son compliment. Et comme ça, elle est passée à côté de lui, en lui parlant ! Et elle a eu son train ! Mais elle s'en est souvenue toute sa vie.

•

Jean n'ose pas demander à Pépé de l'accompagner pour aller chercher les brebis là-haut. Il siffle Fine et Farou et leur parle très fort pendant tout le trajet, les excitant pour qu'eux aussi aboient bien haut ! C'est seulement en entendant enfin la voix grave et puissante de Patoune qu'il se rassure vraiment.

10

– Bonjour, Marcellin. Qu'est-ce que vous faites ?

Jean vient d'arriver avec les brebis à la Coumotte, sous les falaises d'Udapet. Le garde est très affairé près de la « Tute aux Corbeaux », une énorme grotte. (« On y rentrerait cinq cents brebis ! », dit toujours Pépé pour en indiquer les dimensions.) Elle est située au-dessus du pâturage, à la base de la falaise. Plus bas gît une vache morte.

– Hier, cette vache est tombée de la falaise. Là-haut pousse une grande herbe qui sent l'anis et qui soûle les vaches qui en mangent trop. La vache a dû en consommer, ou bien elle s'est trop aventurée dans la falaise ; toujours est-il qu'elle est tombée et s'est tuée.

Les brebis s'éparpillent sur le pâturage et Jean vient rejoindre le garde du Parc national.

– Vois-tu, puisque cette pauvre bête est morte, je viens construire un affût pour observer demain les vautours.

Marcellin a aménagé une cache dans l'entrée de la grotte. Il y a là un petit sureau, auquel est fixée une bâche kaki percée de nombreuses ouvertures. Jean suit son ami derrière le sommaire écran de toile. Il s'assied sur le petit siège aménagé par Marcellin avec quelques pierres de l'éboulis et regarde par les trous de la toile. Il a soudain tout le pâturage sous les yeux, la vache morte en particulier.

– Ça doit être formidable de voir sans être vu, de pouvoir observer les bêtes de près, lance Jean avec un regard d'envie.

– Toi… dit Marcellin, qui vient d'avoir une idée.

•

– Alors, Jean de l'Ours… Prêt ?

Jean entrouvre les yeux. La voix forte de Marcellin vient de le tirer brutalement du sommeil. Le garde est là, dans la cabane, et Pépé prépare du café à la lueur de la lampe à gaz.

–Eh bé… Qu'est-ce qu'il t'arrive ? Dépêche-toi, Marcellin t'attend !

–Hein… ?

… Ça y est ! Jean réalise. Hier, l'affût aux vautours, l'invitation du garde, l'accord de Pépé ; Marcellin avait dit qu'il passerait à quatre heures du matin… et qu'il lui promettait une drôle de surprise !

Jean est tout de suite habillé. Les trois amis partagent le petit-déjeuner. À la faveur de cette semi-obscurité, des images dansent dans la tête de Jean.

Pépé a préparé le sac à dos et le casse-croûte. La porte grince et déjà le froid et le noir de la nuit prennent Jean au visage. Une bise à Pépé, un petit adieu aux chiens. La nuit se referme sur la silhouette massive et rassurante de Marcellin. Le garde marche sans lampe. « Une lampe, ça ne sert guère qu'à être aveugle la nuit », dit-il souvent. En effet, après quelques centaines de mètres, Jean commence à tout discerner : le sentier, le gros « Hêtre Cujalate » près de la source, les vaches et les juments, les crêtes des montagnes… Toutes ces ombres se distinguent nettement dans la lueur froide et douce de la nuit. Au-dessus de lui, comme un plafond maintenant familier, les étoiles scintillent sur leur fond de velours bleu marine.

Ils entrent dans la forêt. Ou plutôt la forêt, sombre, noire, se referme sur Jean. Heureusement, rassurant, Marcellin est là, avec sa démarche lente, son souffle régulier.

Hou-hou ! Hou-hou !

Jean sourit à la chouette invisible qui les accueille. Cette présence finit de le rassurer et c'est maintenant d'un pas ferme qu'il suit les grandes enjambées de son ami silencieux.

Ils arrivent à l'entrée de la grotte et s'installent sous le sureau. Devant Jean il y a l'écran de toile avec ses petites ouvertures ; et derrière, l'intérieur de la caverne qui parait un gouffre sans fond, noir comme l'antre du diable. Un peu d'eau suinte lentement du plafond. Chaque goutte qui tombe fait résonner lugubrement le puits obscur que Jean sent derrière lui. Il frissonne légèrement. Mais ce doit être la fraîcheur de la nuit… Il se remémore soudain un récit de Baptiste. Une des plus grandes peurs de sa vie, lui avait-il avoué. Baptiste, si solide, si courageux ! « Oh, c'était en plein brouillard, à Magnabaigt. On n'y voyait pas à trois mètres. J'aperçois une vache. Elle était couchée dans une position bizarre. Je m'approche. Ses flancs étaient agités de mouvements encore plus étranges ! J'arrive sur la vache... Aaah ! Un monstre affreux qui se précipite sur moi, dégoulinant de sang noir, avec des bras gigantesques et de longues griffes crochues, toutes écartées... Si tu m'avais vu ! J'ai fait un saut, mais un saut ! J'ai bien cru que mon cœur allait éclater... avant de réaliser ce qui m'arrivait ! En fait la vache était morte. Et ce que j'avais pris pour sa respiration c'était... un énorme vautour qui, rentré tout entier à l'intérieur de la carcasse, lui agitait les flancs de si étrange façon. Et le monstre qui avait surgi sous mon nez, c'était le grand corps du vautour sortant de la vache pour fuir. Les bras gigantesques et les griffes énormes, c'étaient ses ailes grandes ouvertes et quelques plumes qui en dépassaient ! Quelle peur ! »

Ffrrrt, frrrt, frrrt... D'étranges bruissements s'échappent du fond de la caverne noire. Frrrrt, frrrt... Koarr, koarr... Des cris sinistres. Et encore ces espèces de frottements, de bruissements d'ailes. Tout de suite Jean s'est rapproché, serré contre le garde et lui a pris la main.

– Marcellin, j'ai peur, dit-il d'une voix étranglée.

Et toujours ces bruits, ces cris. Et puis comme des souffles d'air qui lui passent sur le visage, sur les cheveux, comme si on le touchait presque ; comme si on le frôlait. L'imagination de Jean galope, effrayée.

– Les vautours, ça doit être les vautours qui sont là dans le noir, ils vont nous attaquer.

Marcellin, rassurant, serre bien fort la main de Jean.

– Non, ne t'inquiète pas, ce n'est rien. C'était cela ta surprise. Les chocards, les corbassines comme tu les appelles, dorment dans cette grotte. Ce sont des oiseaux noirs, à peine gros comme des corneilles. Ils vont par bandes. Ici, ils sont une cinquantaine. En ce moment, vois-tu, ils se réveillent et se disputent un peu en voletant dans la grotte. Ce sont les cris et les bruits d'ailes que l'on entend. Mais tu vas voir l'envol, c'est fantastique.

Jean se rassure lentement ; d'autant plus que la clarté du jour commence à poindre.

– C'est parti, dit Marcellin. Gare, voilà la première escadrille !

Instinctivement, Jean a rentré la tête dans les épaules. Une vague d'oiseaux noirs déferle à moins d'un mètre au-dessus de sa tête : leurs dizaines de coups d'ailes provoquent un sifflement assourdissant et un souffle d'air qui gifle la figure de Jean.

– Attention, un deuxième vol !

Les deux amis, encore une fois, se recroquevillent sous le souffle brutal. Wrouff, wrouff, wrouff… Ce sont maintenant quelques retardataires qui passent un à un au-dessus du sureau et vont rejoindre la bande qui criaille autour de la grotte. Certains sont posés sur les falaises, d'autres virevoltent en l'air, se poursuivant, enchaînant loopings, piqués… « Mieux que les avions de la patrouille de France », se dit Jean.

Enfin, dans un concert assourdissant, tout le groupe s'envole, dans la même direction. Et c'est soudain le silence, total, énorme, presque étrange, après ce tintamarre.

– Eh bien… c'est quelque chose ! lance Jean, encore impressionné.

Le jour est maintenant levé. Nos amis ont à peine eu le temps de casser la croûte que deux silhouettes apparaissent dans le ciel… Le bal commence. Le bal des charognards, des mangeurs de cadavres ! C'est un couple de grands corbeaux qui ouvre la danse. Les chocards de tout à l'heure sembleraient des nains à côté d'eux. Ils se posent près de la vache, tournent autour, à pied. On dirait de vieux messieurs ventrus dans leur costume noir, arpentant une rue à grandes enjambées. Dans sa chute, la vache s'est ouvert le ventre. L'un des corbeaux enfonce son bec dans l'ouverture, puis, il y disparaît à moitié. Enfin, il recule en tirant un boyau, il tire, il tire… et le boyau se dévide.

– Regarde là-haut, dit Marcellin.

Jean lève la tête. Une dizaine de grands oiseaux volent en rond au-dessus de la vache. Ils sont très haut dans le ciel. Mais, en grands cercles lents, ils descendent vers le festin.

Frrouff… Un vautour vient de passer au ras de la grotte. Jean n'a pu réprimer un petit saut en arrière. Il a eu le temps de voir distinctement les ailes immenses, avec les quelques grosses plumes en bataille, le cou nu, la tête toute blanche avec l'énorme bec et ce gros œil rond qui l'a regardé au passage, l'air curieux et étonné.

Un, deux, trois, cinq, dix vautours sont posés autour de la vache. Les corbeaux déguerpissent à quelques mètres… Un grand silence s'est fait. Les vautours se regardent les uns les autres d'un air mauvais et balancent la tête au bout de leur long cou, de façon si comique que Jean éclate de rire. L'un d'eux s'avance, saisit le bout de boyau et commence à l'avaler, puis il rentre la tête dans la vache. C'est comme un signal. Tout le groupe se précipite sur le cadavre, marchant, sautant, écartant les ailes, montant sur la vache, sur les voisins, dans une cacophonie de cris suraigus.

– Marcellin, la Marie-Blanque !

Le petit vautour, habillé comme un Pierrot en noir et blanc étincelant, arrive en voltigeant. Il fait figure de puce à côté des gigantesques vautours fauves. Jean l'aime bien. C'est lui qu'il a vu ce printemps au-dessus du village annoncer les beaux jours. En effet, la Marie-Blanque, Marie la Blanche, que les savants appellent le percnoptère, passe l'hiver en Afrique et n'arrive dans les Pyrénées qu'en avril.

Il s'est posé un peu à l'écart et s'approche en sautillant. En un éclair il s'insinue entre quelques grands « fauves » absorbés dans leur festin, chaparde un morceau de tripe et s'échappe en deux coups d'ailes, poursuivi par l'un des maîtres du lieu. Son butin avalé, le voilà qui revient à l'assaut de la forteresse sévèrement gardée... Ce coup-ci, il profite d'une bagarre entre deux rapaces pour, subrepticement, chiper le bout de viande qu'ils se disputaient !

Jean observe ce curieux ballet, dominé par la danse des vautours, depuis de longues heures. Mais il manque toujours celui qu'il attend le plus. Il rêve tant de le voir de près : le tête-rouge, le gypaète barbu ! « Tu sais, l'avait prévenu Marcellin, ce n'est pas sûr qu'il vienne dès aujourd'hui. » Et pourtant, ce matin la chance est avec Jean.

– Le voilà.

Le spectacle est complet avec l'arrivée du dernier personnage. Celui-ci décrit un grand cercle au-dessus du tumulte. Puis, d'un coup, il s'abat. Il s'est posé à quelques mètres au-dessus du carnage… juste à côté de la grotte.

Jean tremble, autant de peur que d'émotion. L'oiseau est immense, presque aussi grand que lui ! Par la petite ouverture dans la toile de l'affût, il peut détailler, presque plume par plume, la gigantesque silhouette : le poitrail éclatant couleur de feu, qui rutile au soleil ; le bec puissant avec, surtout, cette longue moustache noircie comme le charbon et pendante comme celle du vieux Yaquette ; l'œil de braise enfin, orange vif, cerclé de noir. Jean est muet d'admiration.

D'un bref coup d'aile, l'oiseau est descendu près de la vache. Les vautours ont fait un saut de côté. Il prend dans son bec un os énorme déjà dépecé, et s'envole.

– Prends les jumelles, suis-le, vite… commande impérativement Marcellin.

–Ça y est, je l'ai ! Jean a saisi l'oiseau dans le double rond des jumelles. Que va-t-il faire avec cet os trop gros pour lui ?

L'oiseau s'élève maintenant au-dessus des grosses dalles de pierre qui parsèment le pied des falaises. D'un geste précis, que Jean devine plus qu'il ne l'observe tant il est rapide, le rapace lève une patte vers son bec et saisit l'os dans ses serres. Il continue son ascension, puis soudain...

–Ça alors !

Du haut du ciel, l'oiseau vient de lâcher son butin. Jean, surpris, a du mal à suivre la chute de l'objet. L'os arrive au sol, juste sur une dalle. Il se brise, il explose complètement sur la pierre, les débris sont éparpillés tout autour. Le gypaète descend, se pose à terre et... ingurgite les morceaux de l'os qu'il vient de briser.

–Eh oui, les Espagnols l'appellent *el quebrantahuesos*, le casseur d'os ! explique Marcellin.

Jean est sans voix. Toutes les émotions fortes et les découvertes qu'il a vécues depuis ce matin se bousculent dans sa tête. Un aboiement de Patoune, suscitant la fuite des vautours, le tire de sa rêverie pour un dernier éclat de rire. Deux vautours, le ventre assurément trop plein, ne peuvent pas s'envoler. Ils montent donc à pied dans la pente, pour pouvoir prendre de l'élan. Ils sont franchement rigolos, tantôt sautant à pieds joints avec une balourdise pesante, tantôt marchant au « pas de l'oie », comme des militaires au défilé... Enfin ils se retournent et réussissent à prendre lourdement leur envol en se jetant dans la pente.

– Viens, dit Marcellin, profitons de leur départ momentané pour quitter nous aussi les lieux sans les perturber.

11

Plic, ploc…

Les premières grosses gouttes d'eau s'écrasent sur les tôles du toit. L'orage qui s'est préparé tout l'après-midi, alourdissant, poissant peu à peu l'atmosphère, énervant les vaches et les brebis, éclate enfin sur la montagne, envahie par la nuit.

La pluie… Quel cauchemar quand elle tombe des jours durant, sans s'arrêter. Car le travail, lui, doit continuer comme si de rien n'était. Traire sous la pluie ! Se tenir dehors accroupi dans la boue derrière les brebis, avec les bottes, la veste et le pantalon de ciré qui vous font ressembler à un marin pêcheur égaré à 1 600 mètres d'altitude ; se faufiler entre les brebis à la laine dégoulinante d'eau ; aller laver les instruments dans l'eau glaciale de la source ; rentrer enfin quelques heures se blottir dans la cabane, les vêtements toujours humides, en attendant de réenfiler les bottes pour aller de nouveau chercher les brebis et… traire encore !

« Métier de chien que le métier de berger », maugrée Jean dans ces moments-là.

Mais ce soir, il chasse ces tristes pensées, il est bien. Il est au chaud, au sec, au doux dans son duvet, dans la cabane bien close, et la pluie d'orage martèle les tôles du toit. Il aime s'endormir avec ce sourd crépitement juste au-dessus de la tête, cette sensation d'être douillettement à l'abri dans l'indestructible petite maison des hommes, pendant que dehors, tout autour… Jean est déjà entre veille et sommeil, entre rêve et réalité, peut-être cela fait-il déjà plusieurs heures qu'il dort à moitié…

Wouraouff… Wouraouff… L'aboiement de Patoune déchire la nuit, surmonte le bruit de la pluie, violent, agressif, inhabituel pour Jean. La douce rumeur nocturne des sonnailles s'enfle en une tempête sonore. L'affolement, la panique semblent gagner tout le troupeau de brebis.

– *Diu biban, Diu biban*… Manquait plus que ça !

C'est la voix furieuse de Pépé. Il bondit de son lit, cherche à tâtons, renverse une casserole et la cafetière en jurant, trouve enfin la lampe-torche, l'allume et bondit, pieds nus et en chemise, hors de la cabane en hurlant et en agitant la lumière…

Jean a compris. Une attaque de l'ours.

L'obscurité complète dans laquelle est plongée la cabane, la pluie qui redouble de violence, les cris de Pépé, le réveil en sursaut… Jean est seul, Jean a peur. En un instant, l'ours est redevenu le monstre qui a terrorisé des générations de bergers, le dévoreur de brebis, la menace pour l'homme. Des images surgissent pêle-mêle dans sa tête, enflées encore par l'angoisse qui l'étreint. Il revoit les blessures sanglantes de la Carèse, le cadavre dévoré, déchiqueté, lacéré, de l'autre brebis. Défilent des images de griffes énormes, de gueules rouges remplies de crocs luisants. L'histoire de Bouchet lui revient. Bouchet terrassé par l'ours, la cuisse ouverte, perdant tout son sang. Bouchet qui voulait défendre ses chèvres, tué par l'ours en un combat inégal, il y a cent ans à peine !

Jean se recroqueville frileusement dans le duvet, la gorge serrée. C'est le Gros, c'est sûr. Mais à l'inverse, l'image de Pépé sortant de la cabane lui cogne dans la tête. Pépé, vieux et malade, en simple chemise sous l'orage déchaîné. Pépé seul face à l'ours, avec sa petite lampe électrique. Pépé debout, tout seul, pour protéger leur troupeau… L'image lui cogne dans la tête. Et pourtant, c'est dur d'être courageux quand on se sent tout petit et tout seul alors qu'on se croyait presque un homme. Jean sort lentement de son duvet, il ravale les larmes qui lui montent de la gorge aux yeux. Il prend une branche dans le feu, souffle sur l'extrémité qui était sous la cendre. Le brandon s'enflamme. Jean se sent armé ; il prend sa respiration et bondit hors de la cabane. Mais déjà Pépé revient, et il éclate de rire en le voyant qui brandit son arme rougeoyante dans la nuit.

– Rentre, rentre ! C'est fini pour l'instant. Patoune l'a mis en fuite. Ranime plutôt le feu et fais-moi du café.

Pendant que Pépé, trempé de la tête aux pieds, quitte sa chemise dégoulinante et enfile des vêtements secs, Jean jette sur les braises qu'il a dégagées une grosse poignée de branchettes de genévrier. Pleines de résine et bien sèches, elles font immédiatement une flambée chaude et claire qui chasse tout de suite dehors le froid, le noir, l'humide de cette sinistre nuit. Ça y est, la cabane redevient enfin la petite maison des hommes, douillette et sûre, quoi qu'il se passe dehors. Jean se détend et Pépé sourit.

–Eh bien! garçon, nous voilà partis pour toute la nuit. Patoune l'a bien fait échapper, l'ours, mais je ne suis pas du tout sûr qu'il ait renoncé à nous attraper une brebis. Il faut rester vigilant.

Dehors, l'orage déferle toujours en grosses rafales de pluie. Les bêtes subissent, stoïques et impuissantes. Les brebis sont serrées, pressées les unes contre les autres, les pattes dans la boue, n'offrant à la tourmente que la masse homogène de leurs dos de grosse laine dégoulinante d'eau. Parfois une bête frissonne, se secoue, réveillant le troupeau en un petit frémissement de clochettes. Fine et Farou se sont recroquevillés contre la porte de la cabane, un peu à l'abri. Mireille, elle, est plantée contre le mur, debout, la tête à terre, les oreilles basses, la toison imbibée d'eau, immobile. Elle attend.

Seule Patoune n'est pas prostrée ainsi sous la pluie battante. Inlassablement, elle fait le tour du troupeau et de la cabane, lance quelques aboiements rauques, vite absorbés par cette nuit noire et gluante. Elle aussi paraît efflanquée et pitoyable, éclaboussée de boue grisâtre, les longs poils soyeux plaqués contre les côtes. Sa belle queue touffue ressemble ce soir à une mince queue de rat noire de boue.

À l'intérieur, Pépé et Jean, serrés l'un contre l'autre, se sont rapprochés du feu, leur compagnon de solitude, leur réconfort contre la nuit noire, la tempête et l'ours. Ils le soignent, le conduisent, rapprochant un tison qui se consume, en écartant un autre pour permettre au feu de mieux respirer, jouant soit avec la grosse bûche de hêtre qui va donner lentement flamme courte et braise ardente, soit avec la branche de genévrier qui va immédiatement faire chanter et danser le feu en une longue flamme claire, sifflant et crachant des escarbilles étincelantes, illuminant les deux visages de lueurs cuivrées et parfumant la cabane de son fumet résineux. Pépé regarde la flaque qui s'étend de plus en plus derrière la porte, et il soupire.

– Ce coup-ci, c'est le déluge !

La tempête, l'orage, semblent vouloir envahir même la vieille cabane. L'eau s'infiltre sous la porte battue par les rafales de vent. Elle s'échappe en volutes de fumée, lourdes et poisseuses, des vêtements de Pépé qui sèchent près du feu. Elle suinte sous les tôles du toit, dégouline ensuite en grosses gouttes qui s'écrasent, glaciales, sur Jean, sur Pépé, ou tombent dans le feu qui les avale en sifflant.

Jean ne dit rien. Il n'a jamais connu un tel déchaînement des éléments, rendu plus angoissant encore par la présence menaçante de l'ours. Il préfère s'absorber dans la contemplation du feu. Il fixe cette présence rassurante et joue à deviner des formes dans les braises et les flammes.

– Quel déluge, répète Pépé. On ne va quand même pas être engloutis comme les bergers d'Artouste…

Jean lève la tête.

– Mais, Artouste, c'est un lac ?

– Ah, non ! justement. Autrefois, il n'y avait pas de lac. C'était le plus beau pâturage de la vallée, l'herbe y était bonne et grasse, il s'y faisait une quantité de fromages comme nulle part ailleurs. Et les bergers, ça leur donnait de l'orgueil, cette richesse qu'ils avaient avec ce pâturage. Un soir est arrivé un pèlerin, un mendiant tout dépenaillé, pieds nus, sale, maigre et affamé. Les bergers, au lieu de l'accueillir, lui ont lancé les chiens, ils l'ont chassé : « Va-t'en, rien qui vaille, pouilleux ! » Légèrement au-dessus, à l'écart, vivait un autre berger seul avec son fils. Les autres ne le voulaient pas avec eux, ne le trouvant pas assez riche. Il avait établi son logement dans une petite « quèbe », un abri sous un rocher. Ce berger a dit à son fils d'aller chercher le mendiant qui repartait tout courbé par la fatigue et la faim. Ils l'ont accueilli dans la petite cabane sous le rocher. « C'est bien petit ici, a dit le mendiant en entrant, donnez-moi une pioche. » Il a pris l'outil, il a donné trois coups, il paraît, juste trois, et la cabane est devenue grande comme une grange. On aurait pu y loger dix vaches ! Alors le berger a compris que c'était le bon Dieu, ou quelque chose comme ça.

– Oui, je la connais, c'est la Quebotte du bon Dieu, ajoute Jean.

– Tu as raison, la Quebotte du bon Dieu. On l'a appelée comme ça depuis cette histoire. Donc, après, ils ont mangé, puis ils sont partis au lit. Mais avant de se coucher le mendiant a dit au berger et à son fils : « Quoi qu'il se passe, quoi que vous entendiez cette nuit, ne bougez pas, ne sortez pas d'ici ! » Alors, pendant la nuit, ça a été terrible. Comme maintenant, oui, pareil ! L'orage, la pluie, le vent, la tempête, les éclairs, le tonnerre, terrrible… Et le matin, quand ils se sont levés, il n'y avait plus un bruit, rien, le silence. Et le bonhomme aussi, il n'était plus là. Ils ont eu peur, ils sont sortis doucement. Il y avait un lac en dessous, un grand lac, à la place du pâturage et des cabanes des bergers au cœur de pierre. Un morceau de montagne s'était écroulé en travers du vallon et il l'avait barré. Le lac s'était mis derrière. On ne voyait plus rien, il restait juste un taureau, tout seul, sur une petite île au milieu du lac. Le bon Dieu avait puni les bergers orgueilleux. Il paraît que les nuits de Saint-Jean, et les nuits de tempête comme ce soir, on entend au fond du lac les sonnailles des bêtes englouties et la voix des chiens et des bergers qui hurlent et appellent au secours. Oh, mais ce soir, ajoute Pépé, ne compte pas sur moi pour y aller écouter.

Dehors, toute l'eau du ciel continue à se déverser sur la pauvre cabane. Patoune, courageuse, effectue toujours ses rondes. Jean va enfin se coucher et Pépé s'endort assis au coin du feu, tout habillé, prêt à ressortir au cas où l'ours reviendrait.

•

Quand Jean se réveille en sursaut, une aube grisâtre commence à poindre. L'ours n'est pas revenu… Et Anouilhas n'est pas transformé en lac. Mais Pépé s'est trompé. Près du Hêtre Cujalate, gît un cadavre de brebis, le pis déchiré. Et un peu plus loin dans la boue, une énorme empreinte. Malgré Patoune, le Gros a réussi à enlever une brebis, et seule la courageuse sortie de Pépé a dû le décider à abandonner sa proie.

12

– Mais qu'est-ce que tu as fabriqué ?

En revenant de garder avec Jean, Pépé découvre que l'enclos à traire a complètement changé de forme. Ce matin, il était à peu près rectangulaire. Le voilà qui a pris la forme exacte d'un entonnoir ! Et cette transformation est due à Jean. Il l'a exécutée en secret, pendant la sieste de Pépé. La santé de son grand-père le préoccupe depuis plusieurs jours. Surtout depuis la fameuse nuit où le vieux berger a dû poursuivre l'ours sous l'orage, en simple chemise. Les deux heures de traite quotidienne, matin et soir, lui sont devenues effroyablement pénibles. Avec ses rhumatismes, il ne peut quasiment plus se relever pour passer d'une brebis à l'autre, et souffre énormément du dos et des genoux.

La traite, c'est le moment où l'on a le meilleur contact avec ses brebis, on apprend vite à les connaître une par une. Il y a les douces, qui viennent d'elles-mêmes se faire traire et vous donnent un petit coup de museau sur la main pour quémander du sel, en vous regardant de leurs gros yeux ronds et tendres. La Carèse, bien sûr, est toujours la première à venir se faire câliner. Et puis il y a les coquines, les roublardes : deux en particulier, dans leur troupeau, deux brebis de race « basquaise » à la tête toute noire. Elles se cachent derrière les autres, se rencognent au fond de l'enclos, se déplacent… pour tenter d'échapper à la traite !

Que de colères, que de jurons Pépé ne hurle-t-il pas quand il faut quasiment leur courir après, les débusquer d'entre les autres, les coincer enfin pour pouvoir les traire ! Il est vrai que, si leurs facéties amusent parfois Jean, Pépé n'a plus l'âge de les poursuivre ainsi. Et puis il y a les interminables traites sous la pluie qui laissent Pépé grelottant de froid et de douleur. Jean a remué tout cela dans sa tête cette nuit en écoutant, allongé sur le dos, la pluie qui encore une fois s'abattait sur la cabane. Et, petit à petit, l'idée a germé. C'est ainsi qu'en début d'après-midi, dès que Pépé a été endormi, il a discrètement pris les pinces, le marteau et la masse à enfoncer les piquets. En deux heures, il a construit « l'entonnoir » dans lequel s'engouffrent les brebis sous l'œil stupéfait de Pépé.

Une pluie fine s'est mise à tomber.

– Ne t'inquiète pas, tu vas voir. C'est une surprise, dit Jean qui revient de la cabane avec, en plus des pots à traire et des bidons, un tabouret et le grand parapluie de berger.

Il pose le petit siège juste au bout de l'entonnoir. Là, celui-ci se resserre en un étroit couloir où une seule brebis peut passer à la fois. Jean attache le parapluie à un piquet, juste au-dessus du tabouret, et il l'ouvre en grand. Pépé a compris.

– Mais tu es fou ! Cela fait plus de soixante ans que je trais accroupi derrière les brebis. Je ne vais pas changer à mon âge.

Il s'assied tout de même, en maugréant, à l'abri du grand parapluie. Jean ouvre la petite porte qui obstrue le couloir. Les brebis hésitent devant cette étrange construction. Mais Jean rentre lui-même dans le couloir et appelle la Carèse qui se décide alors à avancer, suivie des autres bêtes. Pépé saisit Carèse au passage, la trait, la relâche, saisit la suivante…

– Toi alors, tu m'as bien « eu », dit Pépé en riant. Mais c'est formidable !

Jean a pris son pot et rentre dans l'enclos. Il trait comme par le passé tout en poussant les brebis vers son grand-père, ravi de traire assis et bien protégé de la pluie.

•

– *Qué hep aci, Pépé ?** Baptiste est bien surpris de voir Pépé assis sur son petit tabouret avec les brebis qui défilent devant lui.

– C'est Jean qui m'a bricolé ça hier. En tout cas, c'est bien confortable. Maintenant je me repose en trayant, dit Pépé avec un clin d'œil, c'est Jean qui fait tout le travail.

La traite s'achève et les trois compagnons rentrent prendre un café et casser la croûte.

– C'est les vaches d'Ambroise, explique Baptiste. Elles étaient à Artouste. Disparues ! Ça fat deux jours que je les cherche, je n'ai rien trouvé.

– Elles ne seraient pas au fond du bois de Buscagne ? Quand je gardais hier, à la Tombe du Général, j'ai entendu des cloches, loin. Mais c'étaient des vaches, pas des brebis, j'en suis sûr.

– Ah, ah !… voilà qui m'intéresse, petit ! Et où, exactement, tu les as entendues ?

– Si tu veux l'emmener, propose Pépé, je te le laisse. Je ferai bien le fromage tout seul, oui.

– Pourquoi pas ? À deux, ce sera mieux.

Jean est enchanté de partir avec Baptiste. Ils montent à la Gentiane, écoutent… rien. Ils prennent le sentier de Buscagne. Ils avancent, s'arrêtent, écoutent quand la brise semble monter du fond… repartent.

– *Té, espio, Jean de l'Ours !** dit Baptiste. Ta copine et ses gamins.

Dans la boue, légèrement imprimées, apparaissent les empreintes de Dominique et des oursons. Ils sont là tous les deux, accroupis près des traces. Baptiste s'est tu, ils écoutent.

– Té, tu avais raison. Ce sont elles. Je reconnais la sonnaille de la grosse blonde. Zut ! elles sont en deux groupes. Chut ! Il y en a quatre ou cinq près du torrent au fond, et les autres sont à Ma… Attends, non. Ça, c'est l'écho sur la falaise qui les fait entendre à Magnabaigt ; en réalité elles doivent être vers les Renardères.

Jean est médusé. Là où il n'entend qu'un vague tintement de cloches, Baptiste a pu distinguer de quelles vaches il s'agissait et où elles étaient exactement. Il en a encore des choses à apprendre pour devenir bon berger !

– Tu veux bien m'aider, Jean ? Tu vas chercher celles du torrent, je vais aux Renardères. On se retrouve au Plaa des Gentianes.

Baptiste est parti directement à travers bois. Jean, lui, n'a qu'à suivre le sentier pour arriver au torrent. Il aime se retrouver seul ainsi dans la forêt. Ses espadrilles se posent sans bruit sur le sol un peu humide. Il écoute en marchant les bruits familiers : la petite mésange noire, le sifflet du bouvreuil… Le sentier se resserre, il approche du fameux Pas de l'Ours.

En une fraction de seconde, Jean s'immobilise. Son cœur cogne violemment dans sa poitrine. En face de lui, sur le sentier, deux grosses boules de fourrure arrivent à sa rencontre. Les oursons ! Ils avancent paisiblement, le museau à terre. Derrière eux, beige et noire, Dominique. Ils ne l'ont encore ni vu ni entendu. Jean s'arrête net, il réfléchit à toute vitesse – se cacher, il faut se cacher pour ne pas les faire fuir comme l'autre fois ! Trop tard ! L'un après l'autre, les oursons ont levé la tête, puis se sont figés sur place. Leur parler ? Pépé a dit qu'il fallait leur parler, être poli avec eux.

Les oursons regardent avec curiosité. Ils commencent à avancer vers Jean. Dominique s'assoit lentement sur son derrière, elle dresse le buste... Les oursons l'imitent.

– Bonjour, Dominique. On s'est déjà rencontrés, tu sais...

Jean aperçoit la patte avant droite. Il lui manque une griffe.

Grouf ! Grouf !

– Tu... tu me dis bonjour ?

Les deux petits, à l'appel de Dominique, sont revenus vers elle. Tous les quatre sont maintenant face à face, tendus dans la même immobilité. Pour la première fois, Jean découvre le visage de Dominique, ses yeux profonds, sombres mais comme allumés, étincelants de vie au-dessus d'un nez noir et frémissant, perdu dans la douce fourrure beige d'une tête d'ours en peluche. Jean se souvient de l'éclair de terreur qui avait embrasé l'œil de l'isard surpris, l'an dernier, sous l'Escarpuru. Aujourd'hui, c'est tout le contraire. Jean voit briller dans les yeux de Dominique une petite flamme de curiosité affectueuse, un rien espiègle. C'est comme si, plus que les paroles de Jean et le doux grognement de Dominique, c'étaient leurs yeux qui se découvraient mutuellement, se racontaient et se questionnaient. Jean remarque aussi les narines de l'ourse, plantées dans le mufle noir. Elles palpitent doucement, hument en direction de Jean, curieuses de mieux sentir, de mieux connaître le jeune garçon. On dit que la peur a une odeur, parfaitement perçue par les animaux. Aujourd'hui, Jean n'a pas peur.

Dominique flaire lentement, attentive à détailler par le menu l'odeur de Jean : odeur forte de brebis et de chien qui imprègne ses vêtements, odeur de fromage sur les mains et les bras, mêlée à celle de la sueur et du sel, odeur de la fumée de hêtre et de genévrier et, un peu plus âcre, des cigarettes « maïs » de Pépé. Et puis, démêlée de toutes ces fortes senteurs, l'odeur propre de Jean, déjà gravée dans la mémoire de Dominique, aussi unique pour elle que l'est pour l'homme un visage familier, reconnaissable entre mille.

Combien de temps dure ce dialogue silencieux entre l'ourse et le jeune garçon ? Cette éternité, ce temps suspendu n'ont peut-être duré qu'une poignée de secondes, suffisante cependant pour sceller un pacte de complicité. Dominique s'est lentement remise sur ses quatre pattes, sans cesser de regarder Jean.

– Au revoir, Dominique.

Jean a à peine murmuré ces paroles. Dominique a-t-elle hoché la tête ? Elle s'enfonce maintenant entre les sapins en poussant devant elle ses petits. Les trois ours se retournent une dernière fois et disparaissent. Jean retient son souffle. Il est toujours avec eux. Le léger crissement de leurs pas dans les feuilles sèches est comme un impalpable fil, de plus en plus ténu, qui les relie encore. L'infime petit bruit s'estompe. Jean tend l'oreille, le suit jusqu'à l'extrême limite. Ça y est, il n'entend plus rien de distinct ; le fil est rompu, ils sont vraiment partis.

Tout est silence, maintenant. La joie qui monte en lui explose en un rire silencieux qui lui fait perdre le souffle. « Ils ne se sont pas enfuis, ils n'ont pas eu peur, on est amis maintenant, j'en suis sûr. Dominique m'a reconnu. » La scène tourne, passe et repasse devant les yeux de Jean, qui s'est assis au bord du sentier pour savourer jusqu'au plus profond de son être cet instant extraordinaire.

Jean a hâte de rejoindre Baptiste. Il court vers le torrent où il trouve effectivement cinq vaches. En quelques cris et quelques coups de bâton, il les « tourne », les remet sur le bon chemin, puis les pousse vers le Plaa des Gentianes. En repassant à l'endroit… il se sourit à lui-même. « Salut Dominique ! » Il arrive au pâturage. Baptiste y a déjà ramené l'autre groupe de vaches.

– Baptiste, Baptiste, ça y est ! On est amis, on est amis, Dominique et moi, hurle-t-il.

Troisième été

Les oursons

13

–Alors, c'est vrai, on va voir Dominique et les oursons ?

–Oh, oh ! Je n'ai pas dit cela, rectifie Marcellin. Si tes parents sont d'accord, je te propose d'aller passer une nuit au-dessus d'Anouilhas. Maintenant que le printemps est bien avancé, la neige a fondu, là-haut. Et, si on a de la chance, on pourra peut-être apercevoir un ours et, pourquoi pas… Dominique.

Jean, pour la circonstance, redevient petit enfant. Il prend un air si malheureux que sa mère éclate de rire. La décision est dès lors presque emportée. Son père tente de rester plus sévère.

–Tu as eu de bonnes notes à l'école, ces jours-ci ?

–Tu parles ! répond Jean en sautant comme un cabri d'une chaise à l'autre, j'ai eu la meilleure note de la classe en rédac. Il fallait décrire « Une rencontre qui vous a beaucoup impressionné », alors moi, avec Dominique et les oursons, facile !

Jean est prêt à tout promettre, il se voit là-haut dans sa montagne. Il est déjà en train d'observer Dominique et les oursons.

–À samedi, s'il fait beau, lance Marcellin en quittant la cuisine de la ferme.

•

Il est six heures du soir. Tout est silence. Assis à côté de Marcellin, perché sur la petite crête qui sépare Anouilhas d'Artouste, au-dessus du col Lurdé, Jean est heureux. Il se sent sur sa montagne. À la fois au-dessus – elle est tout à ses pieds – et complètement dedans tellement il la connaît ; il la voit, il la détaille presque arbre par arbre et touffe d'herbe par touffe d'herbe : la cabane, au milieu du pâturage qui ressuscite en un vert vif presque flamboyant ; en face, Udapet et la Coumotte, soulignés par la masse presque beige des jeunes feuilles de hêtre, à peine déplissées de leur coque hivernale ; à ses pieds, le Plaa des Gentianes et la Tombe du

Général, nuancés d'un vert à peine azuré par des tapis de minuscules gentianes aux gorges gris d'ardoise; l'Escarpuru enfin, masse énorme et majestueuse, encore chargée de neiges étincelantes.

Jean regarde. Il attend avec impatience. Mais qui? Où? Viendra-t-il ce soir? L'ours, ou Dominique, ou un chevreuil, des sangliers?... Pour l'instant, seul, splendide dans sa livrée, un gypaète couleur de feu les a survolés, frôlant la crête. Et un petit faucon crécerelle leur tient compagnie. Ailes déployées, il reste sur place, immobile, comme suspendu dans le ciel au-dessus du Plaa des Gentianes. On dit qu'il «fait le Saint-Esprit». En réalité il guette une proie, petit campagnol ou sauterelle.

Le soleil disparaît derrière l'Escarpuru, faisant flamboyer toutes les crêtes et les pics environnants en aiguilles, en flammes roses puis rouge sang; tout est nimbé d'une lueur dorée, chaude. Peu à peu, l'ombre grimpe à l'assaut des sommets et les éteint les uns après les autres. Mais il fait encore clair.

Marcellin se penche à l'oreille de Jean et lui murmure à voix basse:

– Regarde, le long du bois de Buscagne, un renard.

Jean a tôt fait de repérer la petite tache rousse qui bouge sur le vert du pâturage. Il l'attrape dans ses jumelles. Quelle fête ! C'est un beau renard, roux-noir. Jean distingue parfaitement la fourrure luisante, le museau pointu, les oreilles triangulaires toutes dressées et la longue queue touffue. Renard chasse le campagnol. Il trottine, s'arrête soudain, figé. Puis il s'avance, lentement, museau et oreilles tendus vers l'avant. Il s'arrête encore, son dos s'incurve en arc de cercle, se tend comme un ressort – hop ! Jean a à peine le temps de réaliser que le renard a sauté. Il l'entrevoit, à la verticale, queue vers le haut, pattes de devant se refermant sur… Non, le campagnol a dû s'échapper car le renard reprend aussitôt son trottinement et sa quête : arrêt, approche, saut. Jean se régale de le suivre ainsi. Mais peu à peu il le perd de vue car la pénombre s'est installée. Jean relève la tête. Les couleurs disparaissent, se fondent en un jeu de noirs, de gris et de bruns. Quelques écharpes de brume s'enroulent et se déroulent au ras du pâturage d'Anouilhas. Le ciel, rougeoyant il y a quelques minutes, vire au bleu-rose sombre, intense, puissant. En face, Vénus, l'étoile du Berger, étincelle d'un éclat de diamant au milieu de cet écrin de velours. Jean sait que les autres étoiles ne vont pas tarder à apparaître. Il les guette. Comme pour fixer son attention sur autre chose.

Car il n'est pas venu ce soir ! Jean se sent envahi d'une mélancolie un peu triste qui lui serre doucement la gorge. S'y mêlent la déception de n'avoir pas vu l'ours tant espéré et la légère mais irrépressible angoisse de sentir l'obscurité se refermer sur lui, à cette heure où tout hésite entre jour et nuit.

Fort à propos, Marcellin décide de casser la croûte. Ils grignotent quelques provisions puis se glissent tout habillés dans les duvets. Jean s'étend sur le dos.

Le crépuscule vient de jeter son dernier rayon. La montagne a franchement basculé dans une nuit limpide et remplie d'étoiles. Jean se sent apaisé, détendu – heureux. Il repasse dans sa tête la chasse du renard et le flamboiement du coucher de soleil. Il est bien. La Voie lactée passe au-dessus de lui, comme un petit nuage de lait. La Grande Ourse, avec sa Petite Ourse à côté, semble regarder Jean et lui dire : « Alors, et ta Dominique ?... » Jean ne s'est pas rendu compte qu'il s'endormait. Marcellin lui rajoute une couverture et s'endort à son tour.

•

– Oh !... ça alors !

Jean vient de se réveiller. On se réveille souvent quand on dort à la belle étoile. Il a le bout du nez tout froid, mais ce n'est pas cela qui l'émerveille. Il écarquille les yeux, se retourne.

Tout baigne dans une lumière blanche, irréelle. C'est la lune, éclatante, qui éclaire les sommets environnants de cette luminosité d'argent, froide et pure. Ils se découpent en contours et couleurs parfaites : le blanc étincelant des plaques de neige, le gris pâle lumineux des rochers, et de gros trous d'ombre noire. Et puis… il est sur une île.

Non, il ne rêve pas, Marcellin est bien allongé à côté de lui ! Il y a leur île, et puis celle de l'Escarpuru, découpée en contours nets et éblouissants, si proche en apparence qu'on voudrait tendre la main vers elle, et puis celle du pic d'Anie, celle du pic d'Ossau. Et, à ses pieds, entre ces îles, horizontale, infinie, lentement agitée de gros remous blanchâtres… une mer. « C'est donc cela la mer de nuages ! » songe Jean. Les petites brumes aperçues il y a quelques heures ont tant enflé qu'elles ont tout englouti : Anouilhas, Artouste, le Plaa des Gentianes, la vallée… tout le monde d'en bas. Jean est seul, tout seul, avec cet émerveillement. Tout seul sur cette île de silence et de lumière. Il s'assied dans son duvet et s'emplit les yeux de ce spectacle irréel, magique.

Hou, hou ! Une chouette hulotte chante tout près. Jean croit percevoir comme un petit souffle dans l'air, à peine un chuintement. Il ne s'est pas trompé. Il entrevoit, à quelques mètres de lui, une silhouette presque immatérielle qui semble glisser plus qu'elle ne vole dans la clarté lunaire. L'oiseau fait deux tours autour de lui avant de s'éloigner. Un vent léger et quelques gros nuages blancs semblent troubler la calme étendue de la mer de nuages au-dessus d'Anouilhas. Une grosse vague blanche monte doucement à l'assaut de la falaise d'Udapet, elle s'effiloche enfin en longues écharpes d'embruns. Et puis, en dessous de lui, la couche cotonneuse se déchire lentement. Jean voit apparaître le Plaa des Gentianes : le gros rocher, le pin mort, le ruisseau… Et là, cette masse sombre, ronde. On dirait qu'elle a bougé. C'est l'ours !

Jean attrape fébrilement les jumelles. La masse sombre n'a pas bougé, elle ne bouge toujours pas. « D'ailleurs, aïe… je crois bien, oui… Un meilleur éclairage et… c'est sûr maintenant, c'est une grosse touffe de genévriers ». Jean repose l'instrument et continue son rêve éveillé, gorgé de lumière blanche étincelante et d'ombres chinoises.

•

– Jean ! Si tu veux assister au lever du soleil…

C'est la voix de Marcellin. Jean ouvre les yeux. La lune a déjà parcouru plus de la moitié du ciel, la mer de nuages a fondu. Et, Marcellin a raison, la luminosité est en train de changer tout doucement, le ciel se teinte du même bleu un peu rosé qu'hier soir. Les deux amis s'assoient dans les duvets et recommencent leur veille attentive et silencieuse. Sortira-t-il ? Ce matin, c'est la face est de l'Escarpuru qui, la première, accroche le soleil et s'allume, rouge, orange, puis jaune. La nuit se retire lentement, les couleurs reviennent ; le vert si tendre des jeunes feuilles de hêtre, les taches jaunes des narcisses, les…

– En dessous, à tes pieds, murmure Marcellin.

Juste en dessous d'eux, au col Lurdé, vient d'apparaître un couple de chevreuils. On voit briller les dagues effilées du mâle. Ils arrivent d'Anouilhas. Ils regardent derrière eux, la tête tournée vers le Plaa des Gentianes. Leurs grandes oreilles en pavillon s'agitent. Jean, et surtout Marcellin, devinent que ces bêtes sont inquiètes. La chevrette descend vers le lac d'Artouste, le mâle la suit. Il s'arrête devant un arbuste de sorbier et y frotte rageusement ses dagues.

« Qu'ont-ils donc flairé ou entendu ? » se demande le garde. « Ce n'est pas nous, nous ne sommes pas à leur vent. »

C'est la main du garçon serrant très fort son bras qui apporte la réponse à Marcellin. Il tourne la tête vers Jean, suit son regard vers le Plaa des Gentianes... Dominique et les oursons ! Le cœur de Jean bat la chamade. Ils sont là ! « Comme ils ont grandi, pense-t-il en souriant. L'an dernier, à peine grands comme les labrits, cette année, presque autant que Patoune ! » Dominique est très affairée. Elle creuse un grand trou dans le sol, la terre vole sur le côté. Les oursons jouent plus loin. Ils se figent soudain, comme le renard hier, leurs petites oreilles rondes dressées. Ont-ils entendu ou flairé quelque souris ou campagnol ? Les voilà qui repartent, ils font la course. Maintenant, ils s'affrontent, debout l'un contre l'autre, les pattes avant dressées au-dessus de la tête. Badaboum ! l'un d'eux est tombé en arrière de tout son long, il roule comme une petite boule. Son frère se roule lui aussi sur le dos, il pédale en l'air, de toute la vitesse de ses pattes. Jean et Marcellin pouffent de rire. Dominique a appelé les petits qui la suivent, bien rangés en file indienne. Elle gratte dans les orties. L'un des oursons s'empare d'une touffe de racines qui lui sert de ballon. Il se la passe de patte en patte… « Quel footballeur ! » murmure Jean. Dominique appelle. Les oursons accourent au galop. Insouciants, ils la dépassent. Jean et Marcellin, stupéfaits, voient l'ourse courir et dépasser à son tour ses oursons, à toute vitesse. Puis, brutalement, elle s'arrête et se retourne.

Les deux oursons, lancés au grand galop, n'ont pas le temps de ralentir et ils percutent le flanc de leur mère, comme des bolides. Tout penauds, ils reprennent alors leur place, en rang, à la file, derrière maman.

– Eh bien ! elle sait les corriger, ses petits dissipés, ta Dominique, plaisante Marcellin.

Un peu plus tard, l'ourse s'est mise à manger. À la grande surprise de Jean, elle broute l'herbe tendre, à grands coups de museau appliqués, exactement comme les brebis et les vaches.

Soudain Dominique se dresse, assise sur son derrière, les pattes de devant le long du corps, le nez en l'air… Les petits imitent leur mère. À trois ils forment comme un parfait jeu de quilles. Dominique flaire vers la crête, vers nos deux compagnons. Jean suspend sa respiration. « Non, Dominique, non, s'il te plaît, ne pars pas, c'est nous, on ne te veut pas de mal, tu me connais bien… » Dominique et les oursons restent un long moment suspendus, le nez en l'air. Peut-être hésitent-ils entre la peur de l'odeur d'homme qu'ils ont flairée, et celle maintenant familière de Jean. Dominique retombe enfin sur ses quatre pattes et, suivie de ses oursons, sans hâte et sans frayeur, au pas, elle s'en va vers le bois. Ils vont disparaître… Ça y est, Dominique a disparu, un ourson… deux oursons… Au revoir, les ours.

Les deux amis restent longtemps silencieux. Chacun revivant pour lui seul le spectacle que leur ont offert Dominique et les oursons. Puis, Jean éclate, brûlant de partager sa joie avec Marcellin.

– Tu as vu comme ils jouaient, tu as vu comment elle s'est fâchée, tu as vu…

Il ne voudrait pas descendre maintenant, il voudrait rester ici, prendre lentement le temps de savourer pleinement cette nuit et cette matinée d'intenses émotions.

14

Jean est perdu dans ses pensées en attendant que chauffe sur le gaz le café de son petit-déjeuner. La cabane est encore pleine du sommeil de la nuit. Cela fait bientôt trois semaines qu'il est à Anouilhas. Seul. La santé de Pépé ne s'est pas améliorée cet hiver, au contraire. S'il a toujours de bonnes jambes, à soixante-dix ans passés, ses mains et son dos ont trop souffert des interminables heures de traite sous les intempéries. Et le docteur craint pour son cœur, usé par les travaux. Que faire, en effet, en cas de grave accident, isolé à Anouilhas, à plusieurs heures de marche des premiers secours ?

Jean a proposé de monter seul cet été, quitte à ce que Pépé passe de temps en temps. Il la regrette parfois cette proposition, maintenant qu'il affronte cette vie de berger solitaire. Ce n'est pas drôle tous les jours, non ! Heureusement qu'il y a Patoune, Mireille et les deux labrits pour parler. Patoune a même le droit cette année de rentrer parfois dans la cabane. Assise à côté du banc, elle écoute Jean, en guettant du coin de l'œil la couenne de jambon ou la peau de fromage qu'il va lui jeter. Mais il est vrai que l'ânesse ou les chiens manquent un peu de conversation et Jean envie bien souvent les copains de l'école restés au village. Certes, eux aussi travaillent dur en ce moment pour aider à faire les foins. Mais le matin, à midi, le soir, il leur suffit de s'installer à table, maman a préparé le repas ! Et puis ils voient du monde, ils discutent tout en travaillant, rient entre eux, regardent un peu la télévision le soir. Lui, il est seul avec les bêtes, il se sent un peu perdu, abandonné, parfois. Le soir surtout, tout seul au milieu de la nuit, tout en haut d'Anouilhas ! Mais le reste du temps, il y a le travail, la traite, le fromage, la garde des brebis... qui ne laissent guère le temps de se plaindre. Il y a aussi, heureusement, la montagne, la quête des bêtes sauvages toujours aussi passionnante, et puis Dominique et les oursons. Il trouve régulièrement leurs traces, maintenant qu'il connaît bien leurs passages, au Pas de l'Ours et ailleurs.

Quelle n'a pas été sa surprise, il y a quelques jours, lorsqu'il a trouvé la crotte d'un des oursons remplie d'énormes poils raides et fourchus, les soies* d'un sanglier ! Nul ne saura si Dominique a réussi à capturer le mastodonte ou si elle en a seulement découvert le cadavre. Et puis surtout, depuis quelques semaines il y a…

Wouf ! Wouf !…

L'aboiement des chiens a tiré Jean de ses réflexions. Debout sur le pas de la porte, les mains dans les poches, il regarde arriver les trois hommes qui montent lentement vers la cabane. Tout d'un coup, bien planté sur ses jambes, dans l'embrasure de la porte, il se sent vrai berger. Les années précédentes, c'était Pépé qui s'installait ainsi à l'approche d'un visiteur : politesse de berger.

Jean a tout de suite reconnu les silhouettes : Pépé, Baptiste et Marcellin !

– Alors, petit, tu nous la montres, cette « mécanique » !

Ah ! cette « mécanique », comme dit Pépé, qu'est-ce qu'elle l'a intrigué, le grand-père ! Et les autres ! Pendant tout l'hiver, Jean n'a pas arrêté de « trafiquer » dans le plus grand secret avec le garagiste-forgeron du village.

Un jour, Pépé les a surpris en train de mesurer les brebis ! En longueur, en hauteur, en largeur ! D'autres fois, Jean cherchait des poulies, des morceaux de tôle, des planchettes de bois. Après il s'est mis en tête de faire rentrer les brebis dans la grange sans ouvrir complètement la porte, de sorte qu'elles ne pouvaient rentrer qu'une par une. Puis, toujours grâce à la Carèse qui le suivait si docilement, il les a fait passer juste entre le tracteur et le mur alors qu'il y avait toute la place à côté. « Ne t'inquiète pas, c'est exprès », répondait-il toujours au grand-père qui s'alarmait de telles lubies. Et puis il y avait eu ces longues séances chez le garagiste dont Jean revenait les mains pleines de cambouis et les cheveux parfois roussis par la flamme du chalumeau ! Enfin, le jour de la montée, ces mystérieux morceaux de ferraille, chargés d'abord dans la camionnette puis sur le dos de Mireille, avaient fini d'intriguer tous les voisins.

–Alors, tu nous la montres ?

–Vous prendrez bien le café d'abord, je finissais à peine.

Jean essaye de prendre la voix posée et la lenteur hospitalière d'un vieux berger pour jouer son rôle d'homme de la montagne. Mais en réalité, il brûle d'impatience à l'idée de présenter enfin son invention à ses trois amis.

Jean prend le bidon et le pot à traire et s'avance avec ses compagnons vers l'enclos où sont parquées les brebis pour la traite. Comme l'an dernier, l'enclos se termine en entonnoir. Et au bout de l'entonnoir, il y a la fameuse « mécanique » : une cage de fer de la grandeur d'une brebis. En fait, Jean et son ami forgeron ont simplement amélioré l'idée que celui-ci avait eue l'an dernier pour soulager son grand-père. Il s'assied à côté de la « cage », ouvre l'arrière de celle-ci, et une brebis se précipite à l'intérieur. Jean saisit la mamelle, trait rapidement puis tire sur une ficelle. Grâce à une petite poulie, la porte de devant de la cage se lève. La brebis s'échappe et elle est déjà remplacée par la suivante que Jean commence à traire. C'est en les contraignant, cet hiver, à se faufiler dans la porte étroite, puis entre le mur et le tracteur que Jean a dressé les brebis à cette manœuvre, à laquelle elles se plient maintenant avec tant de docilité. Jean fait semblant de s'absorber dans la traite, mais il sent derrière lui l'admiration silencieuse des trois adultes et il biche de fierté.

– Eh bé, ho ! ça, c'est quelque chose ! laisse tomber Baptiste.

– Tu veux essayer, Pépé ?

Tout ému, le vieil homme s'installe à la place de son petit-fils.

– Eh bien, si j'avais connu ça quand j'étais jeune, je n'aurais pas le dos dans cet état !

Baptiste et Marcellin veulent essayer à leur tour. Jean, lui, a pris un autre pot. Laissant les grands se bousculer autour de son invention, il rentre dans l'enclos, et pour gagner du temps, s'installe au milieu des brebis et en trait quelques-unes… à l'ancienne.

•

– Eh oui ! avec ce système, je ne mets guère plus de temps tout seul qu'on en mettait à deux l'année dernière !

Assis autour de la table, les trois visiteurs ne tarissent pas d'éloges sur Jean et son invention.

– Tu sais, ça va intéresser d'autres bergers, je vais leur dire de venir voir, continue Marcellin. Mais je me demande si, au lieu du parapluie de berger, tu ne pourrais pas carrément fixer une grande tôle sur les montants de la cage. Tu aurais ainsi un abri permanent, autant contre le grand soleil que contre la pluie. Et puis…

Baptiste et Pépé se sont tus. Ils écoutent les deux « jeunes » discuter « technique » avec passion.

–Et puis on pourrait...

–Il faudrait essayer de...

Jean et Marcellin sont lancés.

–Tu sais ce que j'ai vu dans un livre ? dit Jean. Dans les cabines spatiales, les astronautes produisent leur électricité et leur eau chaude grâce à l'énergie solaire. Tu ne crois pas qu'on pourrait...

Marcellin, en riant, coupe la parole à Jean.

–Eh bien, garçon ! Non seulement tu inventes une machine mais en plus tu me prends mes idées ! Figure-toi que j'y ai pensé, à l'énergie solaire. J'ai même écrit pour demander la documentation. C'est parfaitement possible. Avec des piles solaires, on peut faire fonctionner la lumière, la télévision, avoir de l'eau chaude et brancher un puissant émetteur-récepteur pouvant servir de téléphone ! Tu voudrais qu'on essaye ici, l'an prochain ?

Baptiste et Pépé se regardent. « Ils sont complètement fous », pensent-ils, sans oser le dire tout fort. Mais Jean, lui, n'éprouve aucune difficulté à imaginer sa future cabane, avec lumière, téléphone et eau chaude au robinet.

– Bien, on vous laisse, on doit monter voir cette vache tuée hier à Artouste avant que les vautours ne s'y mettent, disent Marcellin et Baptiste.

Jean et son grand-père se retrouvent tous les deux seuls dans la cabane. Pépé, qui a profité de la voiture de Marcellin, est tout heureux de retrouver l'espace d'une journée sa montagne, son troupeau et ses habitudes. C'est lui qui insiste pour faire le fromage.

– Et Dominique, tu l'as revue ?

Jean raconte les dernières nouvelles des oursons, l'histoire du sanglier. Et surtout sa récente découverte.

– Tu sais, cette année, je crois que Dominique et moi on est vraiment amis.

Pépé s'est arrêté de brasser le fromage dans le chaudron.

– Raconte.

– Eh bien voilà. Au Plaa des Gentianes, il y a un vieux pin mort. Il ne lui reste que le tronc...

– Tu penses que je le connais. On le voit d'ici. Il a été tué par la foudre l'été de mes treize ans, sous mes yeux. Depuis la cabane, je l'ai vu s'embraser. Et puis la pluie l'a vite éteint ; le tronc et les branches sont restés.

– Il y a quinze jours, j'étais au Plaa des Gentianes avec les brebis. Je passe près du tronc. J'ai trouvé trois couches d'ours. Juste là, l'une à côté de l'autre. Une grande et deux petites. Je me baisse pour chercher les poils, je mets la main… la couche était encore tiède! La même chose pour les couches des oursons. Ils venaient juste de partir. Alors, maintenant, depuis la cabane, je «jumelle». C'est très loin, mais parfois je distingue une petite tache marron ou beige près du tronc, à l'emplacement exact des couches. Dominique est là-haut, qui m'observe. Mais à chaque fois que j'ai voulu monter vers eux, ils avaient disparu.

– Ça, Jean, c'est formidable. Elle doit s'être habituée à toi, Dominique; et même un peu aimer ta compagnie… mais de loin. C'est une bête sauvage et farouche, qui doit le rester pour survivre. Ne l'oublie pas. Si j'étais toi, je la laisserais choisir elle-même ses distances. Je n'irais plus chercher à l'approcher de trop près.

15

Marcellin est fort intrigué. En effet, aujourd'hui, c'est lui qui suit son jeune compagnon. Hier soir, passant à la cabane, il a trouvé Jean tout excité.

– Marcellin, tu montes demain, j'ai quelque chose à te montrer, c'est à propos de Dominique !

Et le petit futé n'a pas voulu en dire plus.

Le garde ne sait donc ni où il va, ni vers quelle découverte. Ils ont passé le fameux Pas de l'Ours où Jean a rencontré Dominique pour la première fois. Ils attaquent maintenant la pente abrupte et se trouvent dans un couloir d'avalanche très pentu. Marcellin avance avec une extrême prudence.

– Mais tu es passé là tout seul hier ? Tu aurais pu te tuer, petit !

–Non, c'est rien ça. Depuis trois ans que je suis berger, si je n'avais pas le pied montagnard !

Jean a répondu crânement, mais il n'ose pas avouer qu'hier, il s'est fait terriblement peur en traversant ce passage.

–Et qu'est-ce que tu pouvais bien venir faire dans des endroits pareils ?

–Je pistais ! En arrivant au Pas de l'Ours avec les brebis, j'ai vu que les sangliers étaient venus se rouler dans la boue. Les souilles* étaient encore toutes fraîches. Alors une fois à la Coumotte, j'ai laissé les brebis à Patoune et je suis venu regarder. Ils étaient tellement sales qu'ils avaient laissé de la boue partout. J'ai pu les suivre d'abord jusqu'au sapin où ils se frottent. La boue n'était même pas complètement séchée, ils avaient écorché l'arbre avec leurs défenses et collé de grosses soies dans la résine. Et puis j'ai continué. Ils avaient foulé et sali l'herbe, alors je les ai suivis par ici. Ils montaient toujours. Au début, ça allait, puis après ils sont passés sur des cailloux et j'ai perdu la piste. Et en redescendant…

L'homme et l'enfant sont maintenant dans une grande pente d'herbe parsemée de gros buissons de hêtres. Il faut monter en s'agrippant autant des mains que des pieds.

– Ce n'est pas très raisonnable, ça, grommelle Marcellin.

Les voilà à la hauteur d'un de ces bouquets de hêtres. Il se trouve juste au pied d'une petite falaise de quelques mètres de haut.

Jean se faufile sous les troncs courbés. Marcellin le suit. Une toute petite cavité, juste de quoi y ramper, s'ouvre au pied de la falaise.

Marcellin a compris… mais il laisse parler Jean.

– Voilà la maison d'hiver de Dominique.

Marcellin est fier de son élève. Jean a vite pris avec lui cette habitude d'écouter, de sentir et surtout de faire courir les yeux, de repérer tout ce qui sort un peu de l'ordinaire.

En descendant de sa recherche de sangliers, il a été attiré par ce petit coin entre hêtres et falaise, et il a vu juste. Il a découvert une tanière d'ours, la grotte où il passe l'hiver. Mais pourquoi donc l'attribuer à Dominique ?

Jean a sorti une lampe électrique de son sac et il rampe dans l'ouverture avec Marcellin. Une fois passée l'entrée, la grotte s'élargit. Les deux amis s'y tiennent facilement accroupis. La lampe de Jean éclaire trois nids, exactement comme des nids d'oiseaux, ronds avec les bords surélevés et une douce cavité au milieu, le tout fait de brindilles, de branches et de terre… mais quelles dimensions ! Dans le nid de Dominique, Jean tiendrait facilement s'il s'y couchait roulé en boule.

– Et tu sais pourquoi je suis sûr que c'est Dominique ?

Jean tourne le faisceau de sa lampe vers le fond de la caverne. L'écoulement des eaux y a déposé une couche d'argile toute propre et on dirait que les ours s'y sont « fait les griffes ». On distingue très bien les griffades des oursons avec leurs cinq petites rayures bien parallèles. Et puis… la grosse et indiscutable signature de Dominique : de longues traînées de quatre griffes !

Les deux amis se retirent avec précaution, tout heureux d'avoir pu pénétrer un peu plus dans l'intimité et la connaissance de Dominique. Mais il est inutile de rester trop longtemps et d'y laisser des odeurs. L'ourse n'a beau habiter la grotte que l'hiver, il vaut mieux, pour ne point la déranger, y laisser le minimum d'indices de présence humaine.

Ils descendent vers le Pas de l'Ours, serpentant prudemment entre les deux sapins accrochés à la pente abrupte. Ils enjambent avec précaution un tronc mort gisant au sol et pointant vers le ciel quelques misérables et dangereux chicots, vestiges de ses anciennes branches.

Tiarr ! Tiarr !...

Plus bas, un geai vient de pousser son cri guttural. Souvent, le cri du geai trahit la présence d'un homme... ou d'un gros animal.

Silencieux, immobiles, ils écoutent, ils cherchent du regard. Marcellin a saisi le bras de Jean dans un geste maintenant familier et il murmure tout bas :

– Dans le fond, au milieu des framboises...

En effet, dans un gros massif de framboisiers, à une centaine de mètres en dessous d'eux, on voit s'agiter les touffes de l'arbrisseau. Lentement, sans un bruit ni un craquement de brindilles, nos deux amis s'assoient et sortent leurs jumelles. Ils scrutent consciencieusement la petite clairière. Les touffes de framboisiers bougent toujours par brusques saccades. Mais qui donc les agite ainsi ? Renard, sanglier, coq de bruyère, chevreuil, ours ? Chacun aime à se régaler des fruits et des pousses de l'arbrisseau. Jean a sa petite idée. Depuis quelques jours, les crottes d'ours du Pin Mort sont pleines de framboises et on n'est pas loin du Plaa des Gentianes, alors…

Mais les voir, être sûr, apercevoir un dos, une tête !

Non, toujours cette seule agitation des framboisiers. Les minutes s'écoulent. Le souple mouvement des tiges semble se déplacer, descendre quelque peu. Mais un souffle d'air vient de surprendre Jean et Marcellin par-derrière. Ils le devinent qui dévale la pente en emportant leur odeur, qui aborde la clairière, qui pénètre le massif de framboisiers !

Il va atteindre l'hôte mystérieux…

Rheu ! Rheu !…

Le vent a frappé la bête de plein fouet, lui jetant aux naseaux la puante odeur de l'homme. Un double aboiement, guttural et bref, un éclair fauve… Le chevreuil a déjà disparu, avalé par la pente et les sapins.

Les deux amis s'éclipsent discrètement. Après un long détour, ils arrivent à la cabane.

– Tu viens voir Dominique ? propose Jean à Marcellin médusé.

Il prend les jumelles mais rien n'apparaît à côté du Pin Mort. Jean lui raconte cependant toute l'histoire des couches.

–Dominique t'a peut-être adopté toi, lui répond Marcellin, mais certainement pas moi, ni personne d'autre. Et c'est certainement mieux ainsi. Tu sais bien que les ours n'ont pas que des amis. Mais attends que je sois parti, et tu verras si elle revient.

Marcellin est descendu. Jean est allé chercher les brebis, il a achevé la traite. Il prend les jumelles…

À côté du Pin Mort, il semble y avoir une petite tache marron.

16

Jean est soucieux. Il lui manque trois brebis. La veille, elles étaient toutes là. Il est parti les garder derrière le col Lurdé, vers l'Escarpuru. Et à la traite du soir, trois bêtes manquaient. Jean est persuadé qu'au retour elles ont traîné dans le bois de Buscagne et que l'ours a dû les tuer. Aujourd'hui, dès qu'il a pu, il est parti dans le bois mais il n'a rien trouvé.

– Bonjour Jean, tu n'aurais pas égaré trois brebis par hasard ?

C'est Marcellin qui arrive à la cabane de son grand pas de montagnard. Jean se précipite.

– Tu les as trouvées ? C'est l'ours qui les a mangées au bois de Buscagne ?

–Non, pas du tout, elles sont bien vivantes. Mais alors !…

Jean, rassuré au début, est intrigué par ce « mais alors ! ».

–Tu as de la chance. J'étais sur les crêtes d'Artouste, en tournée. À la jumelle, je cherchais les isards sur les flancs de l'Escarpuru. En fait, je suis tombé sur les trois brebis. Comme tu vas à Lurdé ces temps-ci, j'ai pensé qu'elles étaient peut-être à toi.

–Merci, Marcellin, j'y vais.

–Oh, oh, du calme, petit ! On ira demain si tu veux, mais pas maintenant. Il va faire nuit, et en plus, pour les tirer de là où elles sont coincés, il faut une corde. À demain, après le fromage. Au fait… Tu es déjà monté à l'Escarpuru ?

Jean fait non de la tête, mais ses yeux brillent d'un éclat que Marcellin connaît bien.

–Alors, à demain, garçon !

•

–*Et oun bas*, Jean de l'Ours ?*

Baptiste vient de se retourner en apercevant Jean et Marcellin qui le rejoignent à grandes enjambées. Le garde lui explique leur double projet.

–Ho, ho!... Pour monter à l'Escarpuru, ne comptez pas sur moi. Ça sert à quoi, hein? Monter pour redescendre après... et risquer de se casser le cou. Oh, non! Je n'y suis jamais allé et je n'irai jamais. Mais pour les brebis, je peux venir vous aider, je vais à Lurdé voir les vaches.

Une fois arrivés au col Lurdé, ils ont tous trois sorti les jumelles. Baptiste compte les vaches, Jean et Marcellin repèrent les brebis sur le flanc de l'Escarpuru; elles n'ont pas bougé.

–Marcellin, c'est quoi, ces murs?

Dans un gros éboulis en dessous du col, apparaissent des murs semblables à ceux des enclos et des cabanes. Mais leur taille est particulièrement impressionnante.

–Je ne sais pas. Je me suis souvent demandé...

–Ah, ah, vous êtes jeunes, vous! Moi, je vais vous le dire ce que c'est...

C'est la voix de Baptiste qui a pourtant toujours les jumelles rivées sur les yeux. Les deux amis attendent qu'il ait fini son inspection.

–Tu vois, Jean, tu es vrai berger cette année, après ton grand-père, ton arrière-grand-père, ton arrière-arrière... Alors, écoute.

La voix de Baptiste s'est faite un peu solennelle. Jean s'est assis sur une grosse pierre. Les coudes sur les genoux, les yeux fixés sur Baptiste, il attend le récit du vieux pâtre de la vallée, qui connaît tous les secrets.

– Oh ! ça ne date pas d'hier, non… En ce temps-là, il ne neigeait jamais sur la montagne. Il y avait des géants ici, à Anouilhas. Et ça, que tu viens de montrer, c'était leur enclos et leurs cabanes. Ils avaient un bétail, géant aussi. Ils restaient tout le temps à la montagne car il ne neigeait jamais. Ils vivaient de leur bétail. Leur chef, il était vieux, il avait passé neuf cents ans, et il était aveugle. Lui, il restait dans la cabane, bien sûr. Ses fils, ils étaient dehors. « Père, il tombe du sel froid », ils disent un jour. « Faites-en une boule et amenez-la-moi », il leur répond. Alors ils la lui ont donnée, il l'a prise dans sa main. « C'est de la neige ! », il a dit. « Il faut descendre. » Et ils sont partis, les géants, avec leur bétail. Ils ont disparu, oui. Et maintenant, il neige dans la montagne. Voilà, Jean le berger, l'histoire vraie du premier berger de la vallée.

Baptiste s'est tu. Marcellin est silencieux. Jean songe tout à la fois à Pépé, à son arrière-grand-père qui défendait le troupeau contre les loups, au vieux berger de neuf cents ans, aux bergers qui, il y a trois mille ans avaient enterré un des leurs à la Tombe du Général... et il se voit lui, cette année vrai berger, continuant la chaîne des bergers d'Anouilhas, ininterrompue depuis combien de milliers d'années... Qui sait, peut-être depuis le premier berger, depuis le vieux géant de neuf cents ans, au temps où il ne neigeait jamais.

–Mais méfiez-vous ! C'est de nouveau Baptiste, mais il a repris son air malicieux. On disait aussi qu'un géant, il y en avait un au sommet de l'Escarpuru. Qu'il lançait des orages et faisait rouler cailloux et rochers quand quelqu'un voulait gravir le pic !

–Certainement ! Mais c'était il y a très longtemps, réplique Marcellin, en faisant un clin d'œil en direction de Jean.

–Oui, oui... Enfin. Si vous voulez quand même monter !

Bien calés sur les cailloux de l'enclos des géants, les trois compagnons ont sorti le casse-croûte.

–Marcellin... Ça a bougé, là. Et la croûte de fromage que j'avais jetée a disparu !

–Chut... *Qu'ey la paqueso**, murmure Baptiste.

–Attendons sans bouger, reprend Marcellin.

Quelques secondes ont suffi. Entre deux rochers, surgit une délicieuse petite tête brune ; deux minuscules yeux noirs dévisagent Jean. Hop, hop… L'hermine s'est coulée entre deux cailloux. Elle saisit prestement une couenne de jambon et disparaît comme un éclair. Mais bientôt, la revoici. Debout sur le mur de l'enclos, dressée comme un petit gnome, ses pattes avant pendant le long du corps, elle guette la prochaine croûte.

•

Ils sont maintenant au pied de la paroi. Au-dessus d'eux, sont perchées les trois brebis. C'est à se demander comment elles ont pu parvenir si haut.

– Baptiste, si tu veux bien, tu restes en bas pour les appeler. Nous, on va essayer de les pousser vers toi.

Marcellin, familier du rocher et de l'escalade, a pris la direction des opérations de sauvetage. Il commence à grimper, suivi de Jean. C'est la première fois que le jeune berger quitte les pâturages pour s'aventurer dans le monde des rochers et des pics. Un peu inquiet, il pose les pieds et les mains exactement là où lui indique le garde. Jean jette un coup d'œil vers Baptiste. Il est si bas en dessous ! Sa gorge se noue un peu, mais Marcellin est là qui l'encourage. Ça y est, ils sont passés à côté des brebis et les surplombent un peu. Deux brebis sont assez faciles à déloger. Elles n'ont qu'à descendre un très raide couloir herbeux pour rejoindre Baptiste. Les deux compères claquent doucement dans leurs mains pendant que Baptiste commence à les appeler d'en bas.

–*Saï, saï*...

Les brebis roulent des yeux effarés. Jean voit leurs pattes trembler. Il claque toujours des mains. L'une se décide, elle fait un pas dans la pente, deux, trois... Sa compagne la suit. Lentement, elles descendent. Baptiste appelle toujours.

–Bon, elles sont presque sauvées, ces deux-là. Mais toi, ma vieille ! soupire Marcellin en regardant la troisième brebis bloquée sur un minuscule carré d'herbe au milieu d'une grande dalle de pierre presque verticale.

–Jean, reste ici.

Marcellin sort de son sac une corde rouge et y fait un nœud coulant. Il s'aventure sur le rocher, lentement. Seules, les extrémités de ses chaussures et le bout de ses doigts s'accrochent à de minuscules aspérités. Il parle doucement à la brebis qui le regarde fixement, paralysée par la peur. Jean est inquiet pour son ami. S'il venait à glisser, si la brebis affolée le renversait ! Pourtant, Marcellin semble très calme, il avance lentement. En bas, Baptiste est silencieux, lui qui a horreur des dangereuses acrobaties des montagnards… pourtant utiles parfois.

–Là, petite, là ! Mais comment es-tu allée te mettre dans un endroit pareil ?

Marcellin est parvenu jusqu'au petit carré d'herbe. Il flatte la brebis de la main et lui passe doucement le nœud autour des cornes puis il rejoint Jean avec les mêmes précautions qu'à l'aller.

Il se cale bien le dos au rocher et commence à tirer sur la corde pendant que Jean appelle : « *Saï, saï, saï.* » La brebis se bloque sur ses pattes, la peur du vide la paralyse complètement.

–Tant pis, dit Marcellin. Attention !

Il a tiré, d'un coup sec. La brebis, déséquilibrée, bascule dans le vide. Elle roule sur la dalle en pente. Jean a fermé les yeux. Quand il les rouvre, la brebis est en dessous d'eux, pendue par les cornes au bout de la corde. Elle bat des pattes, trouve le sol du couloir herbeux, se redresse enfin sur ses jambes encore flageolantes. Elle est sauvée. Mais elle se souviendra certainement de son aventure !

Marcellin lâche la corde. La brebis descend lentement vers Baptiste.

–Jean ! a crié le pâtre, je ramène ces trois et je te rentre les brebis. Si vous voulez faire les fous tous les deux, allez-y… Mais soyez raisonnables.

Jean regarde Marcellin.

–On y va ?

Le garçon suit maintenant son guide sur la paroi de l'Escarpuru. Pour l'instant, on grimpe sans difficulté sur de petites dalles herbeuses, comme sur un gigantesque escalier.

–Ne faisons pas de bruit, ici c'est le paradis des…

Marcellin n'a pas le temps de finir sa phrase. Un chuintement sonore retentit au-dessus d'eux.

Jean lève la tête. Il a à peine le temps d'apercevoir deux petites cornes en crochet, noires, luisantes, des yeux ronds et un museau frémissant. Déjà, l'isard a disparu. On le suit au bruit des cailloux qu'il fait dévaler dans sa fuite. Le revoilà un instant, il est perché dans le vide, comme accroché à la paroi verticale. Encore un saut vertigineux sur une petite saillie rocheuse, plusieurs mètres en contrebas, et il est définitivement hors de vue.

Les deux amis continuent leur progression.

–Voilà la grande cheminée, annonce Marcellin.

Jean regarde avec appréhension la paroi abrupte le long de laquelle il va falloir grimper.

– Je ne pourrai jamais.

– Ne t'inquiète pas, j'ai ce qu'il faut, lui dit son guide.

Il sort du sac une longue corde, attache une extrémité autour de la taille de Jean, et l'autre à la sienne. Marcellin grimpe. Il s'élève avec facilité, comme un chat. Jean est fasciné.

– À toi, maintenant ! lui crie Marcellin, bien calé en haut de la cheminée.

Au début, Jean est contracté, tendu. Il regarde le vide immense qui s'étend sous ses pieds. Il agrippe de toutes ses forces chaque prise, chaque petite aspérité. On dirait qu'il veut les arracher tant il les serre violemment entre ses doigts crispés. Ses mollets sont pris d'un léger tremblement, impossible à maîtriser. Les montagnards diraient, ironiquement, qu'il « sucre les fraises ».

Mais Marcellin l'encourage, le rassure. Jean serre les dents. Il monte une main, un pied… en évitant de regarder en dessous. Il aperçoit enfin Marcellin qui l'assure* fermement du haut de la cheminée. Il se détend un peu.

Puis, insensiblement, ses muscles se dénouent. Ses jambes, rodées à l'exercice par les heures de course quotidienne sur les pentes, le hissent en souplesse de prise en prise. Il exulte. Il trouve la roche douce et tiède, il s'élève sans à-coups le long de la paroi, trouvant calmement ses prises. C'est avec un visage éclatant de plaisir qu'il rejoint Marcellin.

– Toi… tu ferais un solide grimpeur ! conclut simplement Marcellin.

Il reste une longue ascension, mais la pente est moins abrupte. On grimpe de gros rocher en gros rocher. Ça y est, c'est le sommet, presque 3 000 mètres. Jean se précipite sur Marcellin, et le garde le serre fort contre sa poitrine.

Jean détaille sa montagne comme il ne l'a jamais vue : Anouilhas, la cabane avec la tache blanche du troupeau que Baptiste ramène, le lac d'Artouste qui miroite dans le soleil, et puis au fond, minuscule, le village et là-bas, Oloron, et Pau, la grande ville. On peut voir si loin… Jean se remplit les yeux de tout ce spectacle, les sommets environnants commencent à somptueusement virer au rose…

•

– Marcellin, il va se faire tard, il faut que je rentre traire ! Les deux compagnons redescendent avec précaution jusqu'au pied du pic puis ils accélèrent le pas.

– Regarde un peu derrière toi, dit Marcellin.

Jean ouvre des yeux immenses. Le pic, son pic, est comme embrasé, enflammé par le soleil couchant. Les ors, les bruns, les rouges flamboient sur les parois que Jean vient de gravir. Mais l'ombre monte à toute vitesse. Un instant encore le sommet est illuminé… c'est fini. Jean et Marcellin se hâtent vers la cabane.

– Tu as vu Dominique et les oursons ces temps-ci, Marcellin ?

– Non, et puis tu sais, maintenant, ils doivent être émancipés.

– Émancipés ?

– Oui, Dominique doit trouver qu'ils sont assez grands et elle a dû s'en séparer pour qu'ils aient leur vie à eux, seuls. En général, ils n'aiment pas du tout cela. Ils se sentent un peu abandonnés, perdus. C'est dans ces moments-là qu'ils vont parfois vers les hommes. Tu te souviens de l'ourson qui avait traversé le petit village d'Aydius en plein jour il y a quelques années ? C'était certainement un ourson récemment séparé de sa mère.

– Et l'ourson qui était venu jouer avec Jean de Marsous, c'était peut-être la même chose ?

Les deux amis sont arrivés à la cabane.

– Peut-être, oui, a répondu Marcellin. Allez, donne-moi un pot à traire, il est tard et nous aurons plus vite fait à deux.

17

La traite est finie. Jean vient de « lancer » les brebis. Il a marché quelques minutes devant elles vers le Plaa des Gentianes, elles ont bien pris la direction et avancent en broutant. Il est revenu vers la cabane casser la croûte et faire le fromage avant de les rejoindre à nouveau. Patoune est avec lui. Elle est dans la cabane avec les labrits. Assise à côté du banc, ses grands yeux doux quêtent dans le regard de Jean tout autant une couenne de lard qu'une caresse. Le jeune berger a sorti son couteau et découpe une fine tranche de jambon, la poêle est déjà sur le feu et commence à grésiller.

Dillin ! dillin !...

Le doux concert de sonnailles s'est affolé en tintamarre précipité. Aussitôt, un sourd grognement emplit la gorge de Patoune. Jean pose le jambon, attrape les jumelles et regarde par la petite fenêtre. « Ce n'est pas possible ! » Jean a tout de suite reconnu les oursons. Ce sont eux, oui ! Un peu balourds, empruntés, ils n'ont pas la joyeuse insouciance observée ce printemps.

Ils descendent tout de même, hésitants, vers la cabane. Patoune grogne toujours. Les idées se bousculent dans la tête de Jean. « Occuper Patoune, les apprivoiser – ils viennent –, il ne faut pas leur faire peur, qu'ils ne s'échappent pas – occuper Patoune. » L'histoire de Jean de Marsous lui revient en mémoire.

Vite, Jean a trouvé. Il agit avec efficacité. Découpant d'une main sûre la viande qui reste sur le jambon, il la pose sur l'étagère et tend à Patoune l'os énorme encore couvert de chair et de lard. L'opération réussit : la brave chienne cède à la gourmandise et se précipite sur l'os, oubliant la lointaine odeur des oursons. « Maintenant, pour eux. » Jean en a rêvé combien de fois de ce moment qui est en train de devenir réalité. Le couteau tranche avec rapidité une demi-douzaine d'énormes tartines. Jean prend le pot de miel dans le placard et enduit rapidement les six tranches de pain.

Pendant tout ce temps, il ne cesse de jeter des petits coups d'œil par la fenêtre. Les oursons sont toujours là, ils descendent lentement. Jean se lève. Il ouvre doucement la porte. Patoune ronge son os. Il referme délicatement le loquet.

Les oursons sont en face. Encore plus fort que d'habitude, le garçon sent son cœur battre, cogner dans sa poitrine. « À toi de jouer maintenant, mon grand, pense Jean. Ils savent que tu es là, ils sont venus… Mais de quoi ai-je peur ? » Il sent ses muscles tendus. Une bouffée de chaleur lui monte au visage et un peu de sueur coule sur son front. Il s'avance lentement. Les oursons, eux, descendent. Ils font quelques pas, se retournent, s'arrêtent, repartent, s'asseyent un moment, repartent…

Jean choisit de faire de même. Il avance de quelques pas dans leur direction, il s'arrête, comme pour leur donner le temps de le reconnaître, il repart… Les oursons sont maintenant à cinquante mètres à peine. Jean se sent sourire, presque malgré lui. « D'abord, ils ne s'enfuient pas. » Et puis surtout, de près maintenant, il les reconnaît bien : le long museau toujours en mouvement, les petits bonds cambrés et un peu gauches, les gestes désordonnés des pattes avant.

Jean a senti le vent dans ses cheveux. Et, aussitôt, les deux oursons se sont figés, assis. Une douce brise leur emplit les narines de l'odeur de Jean… et du miel. Ils sont là, nez en l'air, pattes pendantes. Comme déjà penchés dans la fuite. « Ils vont partir, c'est fini, ils s'en vont », pense Jean. Si fort, que deux larmes perlent à ses paupières. Il reste néanmoins aussi immobile que les oursons, en équilibre sur un pied, sans esquisser le moindre mouvement. Cela dure, dure… Jean attend. S'il bouge, lui, ce sera à coup sûr la fuite éperdue. Alors attendre, attendre… Non, il semble que la tension qui avait tout suspendu se relâche peu à peu. Un ourson se penche lentement en avant. Il pose une patte à terre… l'autre… Son frère de même. Ils sont en face de lui, assis sur leur derrière, le museau pointé dans sa direction. Jean a compris que, maintenant, tout est possible. Mais il ne faut plus avancer. Il faut les laisser choisir. Juste à côté, il y a un petit rocher, Jean s'y assoit. Les oursons ne le quittent pas des yeux. Lentement, lentement, il se penche en avant et dispose les tartines pleines de miel dans leur direction, le plus loin possible du rocher. Il a posé les coudes sur les genoux. Il attend, parfaitement immobile. Ses pensées, au contraire, courent à toute vitesse dans sa tête. « Ils ne sont pas partis, mes oursons, ils vont venir. Je vais les caresser, les nourrir. Ils reviendront. Je descendrai Patoune à la ferme. Oh, Patoune ! Pourvu qu'elle s'occupe toujours de son os ! Vont-ils bouger ? » Le temps s'écoule, long, long. Sont-ce de simples secondes, des minutes entières ? Jean ne sait pas, toujours est-il que le temps semble s'étirer de façon interminable.

Peu à peu les deux jolis museaux s'agitent, frémissent. Les oursons semblent jouer avec l'odeur du miel ; à moins qu'ils ne se familiarisent avec celle de Jean, pourtant déjà bien connue. Enfin un petit derrière se lève, un deuxième... Les oursons se regardent, regardent Jean, un petit pas, deux, trois... Il n'est plus question de bonds et de sauts. Les oursons avancent, mais si lentement, si lentement...

Jean distingue maintenant leurs visages comme il ne les avait jamais vus. Les petites oreilles toutes rondes et poilues qui leur donnent l'air de sourire, le museau tout frais, la truffe noire et humide, frémissante. Dessous apparaissent les babines, et un bout de langue tout rose entre les pointes acérées des petites dents. Les yeux, enfin, noirs, vifs, malicieux, visiblement inquiets aussi aujourd'hui. « Ami ou pas ami ? » semblent demander ces regards chargés d'un rien d'angoisse. L'un des oursons, nettement plus assuré, est arrivé aux tartines. Jean voit ses narines trembler, frissonner de plaisir et de gourmandise. Il sort la langue, il lèche. Il happe toute la tartine pendant que son frère arrive. Entre chaque bouchée, il lève les yeux ou toute la tête sur Jean, prêt à détaler au moindre geste. Jean, qui voudrait être immobile, tremble d'émotion. Les oursons, ses oursons, sont à moins d'un mètre de ses pieds !

Tout autour, la nature est comme suspendue. Pas un souffle, pas un tintement de clochette, le troupeau a disparu vers Lurdé, le soleil semble écraser la scène de son regard brûlant. Les six tartines sont avalées. Le deuxième ourson reste en retrait. Le plus décidé, lui, flaire et lèche les gouttes de miel tombées sur l'herbe. Il s'approche insensiblement. Jean a commencé à déplier son bras. D'un mouvement presque imperceptible, il tend vers l'ourson sa main dégoulinante du miel des tartines. Il ouvre la main et attend. L'ourson, le nez dans l'herbe, le regarde par en dessous, le fixe. Maintenant leurs yeux ne se quittent plus pendant que, lentement, l'ourson relève la tête. Pour Jean, le miracle est en train de s'accomplir, le petit ours sauvage, le fils de Dominique va se laisser caresser, ils seront amis, il l'apprivoisera. Il sent l'haleine tiède de l'ourson lui caresser les doigts…

D'un petit geste vif, l'ourson a collé sa truffe toute humide dans la paume de Jean, et une petite langue rose lui lèche la main. Jean tremble d'excitation et tout son visage n'est plus qu'un sourire de bonheur et de gourmandise. Il réfléchit. L'autre main, la lever, le caresser…

Woouf, woouf ! L'aboiement de Patoune a éclaté comme un coup de tonnerre !

D'un bond, les oursons ont sauté en arrière. Ils s'enfuient au galop. En quelques secondes, ils sont à la lisière du bois de Buscagne. Ils s'arrêtent, tournent la tête vers Jean. Un instant plus tard, ils se sont fondus entre les arbres.

Jean reste là, assis sur son caillou. Le bras toujours tendu, perdu dans son rêve devenu réalité. Il retrouve sur sa main la douceur de l'haleine, la fraîcheur du museau et de la petite langue. « Mes oursons ! je ferai descendre Patoune, je monterai du miel. Ils viendront. Petit à petit, je les habituerai, je les caresserai, je les apprivoiserai, mes oursons ! »

Qu'il est difficile de rentrer à la cabane, de retrouver Patoune qui a brisé l'enchantement, de se mettre à faire le fromage. Mais bientôt, les bras dans le grand chaudron, en ramassant le caillé, Jean a tout le temps de reprendre son rêve et ses projets.

•

Jean a rejoint le troupeau. Appuyé sur son bâton, un genou en terre, il surveille ses bêtes.

–Marcellin, Marcellin... Viens, viens, j'ai quelque chose à te raconter.

Le garçon se met à courir vers son ami à toute vitesse. Le garde, qui arrive du lac d'Attouste, devine à l'excitation inhabituelle de Jean que quelque chose d'extraordinaire a dû se passer.

–Oh ! oh ! petit, doucement, asseyons-nous.

Marcellin se débarrasse de son sac à dos et s'installe confortablement au pied d'un vieux hêtre, le dos bien calé par le puissant tronc gris. Jean, les yeux pétillants, s'accroupit en face de lui, son bras autour du cou de Patoune. Et il raconte ! L'arrivée des oursons, la ruse pour occuper la chienne, les tartines de miel, l'approche réciproque et la petite langue rose sur la main. Pendant que Jean raconte, Marcellin ne dit rien. Mais, au fil de l'histoire, l'enthousiasme qui brille dans son regard fait lentement place à un sourire doux, paternel, un peu triste.

Quand le récit s'achève, il se fait un grand silence. Marcellin, Jean le pressent, va dire des choses graves.

–Vois-tu, Jean, tu es allé bien plus loin que personne ici, dans une merveilleuse histoire, une merveilleuse complicité avec Dominique et ses oursons. Ce que tu as fait aujourd'hui, quand bien même je voudrais le faire, je ne pourrais pas y arriver. Jamais. Et de cela, j'en suis heureux pour toi.

Il s'est approché et a posé ses mains sur les genoux de Jean.

–Mais…

Marcellin marque un temps d'hésitation.

–Mais je crois que pour aujourd'hui, c'est Patoune qui t'a montré le chemin, la voie à suivre ! Elle, toi, moi, les brebis, nous faisons partie du même monde, du monde des hommes. Dominique, les oursons font partie du monde sauvage, libre, un autre monde, différent, ni meilleur, ni pire, plus dur et plus libre, à côté des hommes mais sans les hommes. Et parfois contre et malgré eux. Si tu réussissais à apprivoiser les oursons, ils ne sauraient plus exactement à quel monde ils appartiennent. Et cela, les hommes ne leur pardonneraient pas, un jour ils les tueraient ou les mettraient dans des cages.

Jean ravale silencieusement deux grosses larmes qui coulent toutes chaudes le long de ses joues. Le jour baisse. Ils rentrent les brebis en silence. Marcellin aide son ami à traire, s'invite pour le dîner et pour la veillée.

Jean s'adresse à son aîné.

– Raconte-moi l'histoire de Lamazou, le berger d'Aydius.

– Eh bien, Lamazou, il était berger, derrière la Marère. Il connaissait un ours… et l'ours le connaissait. Pendant quarante ans ça a duré. Régulièrement, quand Lamazou gardait le troupeau, il apercevait l'ours, juste en lisière de la forêt, qui le regardait. Il racontait que s'il le fixait dans les yeux, l'ours se cachait la figure sous ses pattes. Au début, il s'était avancé parfois vers lui, alors l'ours partait, disparaissait. Ensuite il n'avait plus jamais fait cela à son ami. Chacun restait « chez soi », le berger sur le pâturage et l'ours dans la forêt. Comme ça ils sont restés amis… Quarante ans, ça a duré.

– Tu crois qu'avec Dominique ?… Si je ne cherche pas à l'apprivoiser ?

Le visage de Marcellin s'est enfin détendu et Jean a retrouvé son sourire.

18

L'école reprend dans une semaine. Jean a fait une dernière fois le ménage. La cage à traire est démontée, les affaires sont regroupées, prêtes à être chargées pour la descente. Demain matin, il quittera Anouilhas. Il paraît que l'été prochain, c'est un hélicoptère qui remontera tout le matériel.

Depuis la rencontre avec les oursons, Jean ne les a pas revus. Pas une trace, pas une crotte. Comme l'avait prédit Marcellin, ils ont dû partir s'installer plus loin dans la montagne. Et Dominique ? Avec l'automne, les myrtilles ont rougi autour du Pin Mort et, à la jumelle, on ne peut plus distinguer brun sur brun. Sur le sol sec, les empreintes ne marquent plus et les quelques crottes rencontrées sur les sentiers ne sont pas forcément celles de Dominique.

Jean a parqué les brebis pour la dernière fois. Le jour va bientôt tomber. Avant de quitter Anouilhas pour tout un hiver, Jean remonte au Plaa des Gentianes. Il arrive au Pin Mort. Les couches des oursons sont parsemées de feuilles mortes et de toiles d'araignée. La couche de Dominique, elle, est propre. Une grosse crotte, toute violette de myrtilles, toute fraîche, est posée sur le bord. Jean se penche sur la couche. Elle est tiède.

Lexique

Adichat mounde! (p. 11) : bonjour tout le monde. Le béarnais est la langue du Béarn, très utilisée dans les vallées pyrénéennes d'Aspe, Ossau et Barétous, au sud de Pau.

Assure (p. 170) : qui le retient avec la corde. Terme d'alpinisme.

Batailh (p. 19) : battant de cloche que l'on fabrique avec un os, une dent de jument ou, surtout, avec les nœuds très durs des vieilles branches de sapin.

Cassou de l'Ours (p. 14) : chêne de l'Ours.

Caroncule (p. 77) : petite excroissance de peau, rouge vif, au-dessus de l'œil de certains oiseaux.

Counegut... (p. 33) :

Connu de longue date
De tous les grands chasseurs
Longtemps au Camp Long d'Ayous
Il avait fait travailler sa patte
Pour tout il était en grand renom
Dominique était son nom !...

Diu biban! (p. 41) : Dieu vivant !

Estive (p. 11) : pâturage de haute montagne ; l'équivalent, pour les Pyrénées, des alpages… pour les Alpes.

Et oun bas, maïnat ? (p. 50) : Et où vas-tu, garçon ?

Et oun bas, Jean de l'Ours ? (p. 164) : Et où vas-tu, Jean de l'Ours ?

Kilog (p. 53) : kilogramme, bien sûr.

Lagopède (p. 73) : la « perdrix des neiges », blanche l'hiver, grise l'été.

Mammite (p. 24) : infection du pis.

Marie-Blanque (p. 71) : Marie la blanche, percnoptère d'Égypte. Le percnoptère est une sorte de vautour, de taille moyenne.

Metaü (p. 24) : grosse sonnaille de vache.

N'as pas poou à l'ours ? (p. 12) : tu n'as pas peur de l'our ?

Pied (p. 13) : empreinte.

Présure (p. 46) : produit utilisé pour transformer le lait en fromage, en le faisant coaguler.

Qué hep aci Pépé? (p. 122) : Que faites-vous comme ça, Pépé ?

Qu'ey la paqueso (p. 165) : C'est l'hermine.

Réglisse (p. 18) : nom pyrénéen du « trèfle des Alpes », au rhizome délicieux à sucer.

Rougagnant (p. 40) : rouspétant.

Saï, saï (p. 19) : viens, viens…

Salière (p. 20) : poche décorée de couleurs vives, dans laquelle on porte toujours la précieuse friandise.

Soies (p. 147) : poils du sanglier, extrêmement épais et raides.

Souilles (p. 154) : cuvettes boueuses où se vautrent les sangliers.

Té, espio, Jean de l'Ours! (p. 123) : Regarde, Jean de l'Ours !

Tourné (p. 36) : se dit du bétail qui tombe le long d'une pente ou d'une falaise et se tue. En effet, la bête dévale en tournant sur elle-même.

Ujous (p. 90) : myrtille, en béarnais.

U, deus… nau. Que lou bon Diu te garde du mau (p. 78) : Un, deux… neuf, que le bon Dieu te garde du mal.

Table des matières

Loi 49-956 du 16 juillet 1949
sur les publications destinées à la jeunesse

Achevé d'imprimer par France-Quercy, à Cahors
Dépôt légal : 1er trimestre 2001
N° d'impression : 10125